marmaladebunko

# 極道の寵愛
## ～インテリヤクザに艶めく熱情を注ぎ込まれました～

m a r m a l a d e b u n k o

小日向江麻

目次

極道の寵愛
~インテリヤクザに艶めく熱情を注ぎ込まれました~

# 極道の寵愛

## 〜インテリヤクザに艶めく熱情を注ぎ込まれました〜

# プロローグ

暑さが本格的になってきた七月の夕方。次の仕事に向かうための移動中、神社の前を通りかかった。

そこは繁華街と住宅街の間にあり、商売繁盛のご利益があるとかで年始には周辺企業の従業員や住民の参拝客が集まる場所。今日も多くの人で賑わっている。

学生やカップル、親子連れ。それらの人たちのなかには、浴衣や甚平を着ている人もちらほらと見えた。

そういえば、お客さんの誰かが今日は神社で縁日があると話していたのを聞いた気がする。

私——小林芹香(こばやしせりか)は鳥居をくぐることなく、外側から参道の様子を覗いてみることにした。

さまざまな出店を視界に収めつつ、私の視線は鳥居のすぐそばにあるあんず飴の屋台に釘付けになる。脳裏には古い記憶のなかの風景が映し出されていた。

小さいころ、毎年七月に近所の公園で縁日が催されていた。

ソースのいい香りがする焼きそばやたこ焼き。絶えずガリガリと氷を削る音が響くかき氷。カラフルな飾りがトッピングされているチョコバナナ。とびきり大きなくまのぬいぐるみが特賞になっているくじ引き——などなど、たくさんの屋台が幼い好奇心を掻き立ててくる。縁日ならではのワクワクした空気感が大好きだ。

そのなかでも、特に私の心を摑んだのはあんず飴だった。

あんず以外にも、すももやみかんなどの果物がひと口分ずつ水飴でコーティングされ、割りばしに刺さっている、お祭りならではの定番スイーツ。氷の上でカチカチに冷やされた水飴がガラスみたいに透き通って、とてもきれい。

母とふたりで通りかかったあの年の縁日でも、あんず飴の屋台が出ていた。どうしてもそれが食べてみたくて、私にしては珍しく母にわがままを言った。

そのときの母の冷たい反応を、いまだによく覚えている。

母にとってはなにげない言葉だったのだろうし、今思い返してみると大したことではなかったとも思えるのだけど、当時七歳の私には母との狭い世界がすべてだった。

だから、ほんの些細なその言葉が呪詛のように私の心を占拠してしまうのも、仕方がないことなのだ。

――ごめんなさい。

そのとき母につぶやいた言葉を、頭のなかでもう一度繰り返した。懐かしさと寂しさと悲しさが混じり合って、全身が名前のつけられない感情で圧迫されていく。

「どれにするの？」

その場から動けないまま、あんず飴の屋台をぼんやりと眺めていると、その前にひと組の母子連れが止まった。お母さんらしき人の優しい声が、私の思考を現実に引き戻す。

「えーとねえ、あんず！」

「すみません、あんずひとつください」

ポニーテールで活発そうなイメージの女の子は、小学校低学年くらいだろうか。悩みながらあんずを選ぶと、ボーダーのカットソーにデニムのラフな格好をしたお母さんが、屋台のお兄さんに注文する。

ほどなくして、お皿に見立てたモナカに載せたあんず飴を受け取り、お母さんが女の子に差し出した。よろこびを身体で表現するみたいに軽くジャンプしたあと、女の子があんず飴を受け取り、ひと口かじりついた。

「おいしい?」

「うん、あまーい!」

「よかった」

あんず飴を頬張っている女の子よりも、むしろその様子を眺めているお母さんの顔のほうが満足げに見える。そのほのぼのとした光景が胸に突き刺さり、ズキズキと痛んだ。

私は反射的に目を背けて踵を返し、次の職場に向かって再び歩き始める。

――あの子はいいな。ああやって、絶対的に甘えられる人がいて。

女の子に在りし日の自分の姿を重ね、嫉妬してしまいそうになるのが嫌だ。

生ぬるい風が吹いた。私は深呼吸をひとつすると、今見た光景を振り切るように、スクランブル交差点に続く歩道を駆け出した。

一年後――同じ場所で、思いがけずその悲しい記憶を塗り替えてもらうことになるなんて、そのときの私が知るはずもなかった。

# 1

「芹香ちゃん、これカウンター一番さんのアラビアータね」

「はいっ！」

『Rosa Rossa』のランチは、十一時半から混雑が始まる。私は厨房のコールドテーブルの上に置かれた出来立てのアラビアータをトレンチに載せて、ホールに出た。

カウンター六席、テーブル四席のこぢんまりとした店内は、すでに客席の半分が埋まりつつあった。

都内にあるこの街は大学や専門学校が多く、オフィスも多いうえに、ちょっと足を延ばせば繁華街。ゆえにランチ激戦区だ。うちはコストパフォーマンスを重視したリーズナブルな価格帯のお店なので常連さんは学生とオフィスワーカーが半々ずつ。学生さんは比較的時間にゆとりがあるので、本格的に混み始める十二時前に入店しようと考えるみたいだ。それを知っているオフィスワーカーさんは、第一陣の学生さんたちが店を出始める十二時半くらいを狙って来店してくれることが多い。

お店の規模が小さいため、ピークの混雑時にはお客さんをお断りすることも珍しくないので、これはもう人気店を名乗ってもいいのでは、とオーナーシェフの赤井さんと話しているところだ。

「お待たせしました！　Ａセットのアラビアータです」

「お、来た来た。ありがと」

店内奥から順に数えて一番目のカウンター席に座っていたのは、常連さんのひとりである鷹石さん。四十代の会社員。いつもは十二時半ごろ現れるはずの彼だけど、営業さんというお仕事柄、商談の時間によって早めに来店することもある。

鷹石さんの前にパスタ皿を置くと、彼は立ち上るトマトのいい香りに鼻を鳴らした。

「この店はオーダーから出来上がりまでが早いし、価格帯も安いし、おいしいし。おまけに融通も利く。俺みたいな仕事してる人間には本当に助かってる。芹香ちゃんが気付いてオーナーに伝えてくれたおかげだよ」

「いえいえ、そんな」

深謝されると逆に恐縮してしまう。私は微笑んで片手を軽く振った。

彼がお店を気に入り通ってくれるうちに、ある特定のメニューしか頼まないことに気が付いた。それは、カルボナーラや和風パスタなど、ニンニクを使わないもの。営業職の彼は、ランチで食べるものにも気を使っているようだった。私はそれをオーナーシェフの赤井さんに伝えた。

赤井さんは、お客さまひとりひとりに満足してもらいたい、という強い気持ちがある人だ。店名の『Rosa Rossa』は直訳すると『赤い薔薇』――これは、自分の苗字が赤井だから、そこから連想してなんとなくつけたとのことだけど、個人的には彼の情熱的な性格を反映しているフレーズなのでは、と思ったりしている。

そんな彼から「よかったらニンニク抜きますよ」との提案があり、鷹石さんは大よろこび。以来、鷹石さんからのオーダーは自動的にニンニク抜きにすることになっているのだ。今日のアラビアータも、もちろんニンニクは入っていない。

「それに看板娘が明るくていい。ランチのときに芹香ちゃんの顔見るとホッとする」

「えっ、うれしいです！　そうやって褒めてもらえること、あんまりないので」

「いや、常連はみんなそう思ってるでしょ。サラリーマンにとってランチは唯一の癒しの時間だからねえ。俺はオジサンだから、余計そう思うのかもしれないけど」

「まだオジサンって歳じゃないじゃないですか」

私は声を立てて笑った。彼は確かに私とは歳が離れていそうだけれど、お仕事柄か髪型や服装にも気を使っていて、いかにも『オジサン』という印象は感じられない。

「でも鷹石さんにずっと通ってもらえるように頑張らないと」

そのとき、お店のドアベルが鳴った。鷹石さんに頭を下げ、足早に扉へと向かう。

「――いらっしゃいませ！　二名さまですね、あちらのテーブル席にどうぞ」

案内をしながらおしぼりとお冷を出して、厨房に戻って別のカウンター席のパスタを提供したあと、新しいお客さんのオーダーを取る。

人気はAセットで、サラダと、日替わりの数種類からひとつを選ぶパスタ、食後のコーヒーか紅茶がつくお得なセットだ。全体の七割のお客さんがこれを選ぶ。新しい二名のお客さんもやはりAセットだったので、伝票を記入して厨房にオーダーを通したあと、冷蔵庫にストックしてあるセットのサラダをトレンチに載せて提供する。

オープンからディナータイムの直前までのホールを担当して二年が経った。効率のいい立ち居振る舞いを追求して、それを身体が覚えてくれたおかげで、満席でもどうにかひとりでホールを回すことができている。

立ち仕事だし、混み具合により休憩を取りづらい日もあって疲れるけれど、お客さんとの会話が楽しいから続けられる。ほとんどの常連さんが『芹香ちゃん』と親しみを込めて名前で呼んでくれるのもうれしい。しばらくは、このままここでお世話になるつもりだ。

「ありがとうございました！　またお越しくださいませ」

鷹石さんの会計を終えて見送ると、時刻は十二時半。第二のピークタイムに突入だ。

「いらっしゃいませ！」

さっそくまたドアベルが鳴った。スラリとした長身の男性は、やはり常連さん。その人の顔を見るなり、私の胸がどきんと音を立てた。

「こんにちは。今日も繁盛してますね」

ほぼ満席に近い店内を見回すと、優しく穏やかな声でその人が言った。

「中條さんみたいに、お仕事の合間に食べに来てくださる常連さんのおかげですよ」

また顔が見られてうれしい――という思いを悟られないように、私は努めてなんでもないような表情で受け答えする。

「お店に貢献できているみたいで、よかったです。私も好きなお店は可能な限り応援したいと思ってるので」

「今後ともよろしくお願いします！」

敢えて堅めの言葉をチョイスしておどけてみせると、彼の形のいい唇が弧を描く。

鷹石さんのいたカウンターの端の席が空いたので、そこに彼を案内することにした。

「今日はどうしますか？」

「そうですね――」

カウンターの上のランチメニューに視線を落とした彼が、悩むように言葉を止めた。くっきりとした二重。印象的な黒い瞳から放射状に伸びた長いまつげが、何度か瞬く。

「魚介のクリームパスタ、いつも通りBセットで、ティラミスをお願いします」

「はいっ、ありがとうございます！」

ほぼほぼわかりきっていたオーダーだけど、私は元気よく返事をした。Bセットは、Aセットの内容にデザートがつく。イタリアンプリン、もしくはティラミス。

私はBセットでティラミスのオーダーが入るとテンションが上がる。というのも、ティラミスだけは私が作っているからだ。

飲食店で働いているその延長線上に、いつか自分のお店を持ってみたい、という思いがある。幼いころから料理をする機会が多く、とりわけお菓子作りが好きで、数少ない趣味なのだ。赤井さんにぽろっとその話をしたら、「じゃあうちでも作ってみたら？」と勧められて、一品だけ出させてもらっているというわけだ。

中條さんのオーダーは毎回Bセットで、デザートはティラミスと決まっている。聞けば、彼はこのティラミスのファンなのだとか。

私が製菓を担当させてもらえるようになったのが、勤め始めて半年後のこと。ちょうどそのころは、中條さんがお店に通い始めてくれた時期で、それからずっと一年半ほど私のティラミスを食べ続けてくれていることになる。

彼の来店頻度は週に二、三回程度で、毎日というわけではないにしても、私の作るティラミスを支持し続けてくれるとは……感謝の気持ちでいっぱいだ。

「芹香ちゃん、七番テーブルさんにボロネーゼお願い」

「はいっ！」

――とはいえ、今は戦争ともいえるランチの時間帯。ありがたい言葉に胸を打たれて感慨に浸っている場合ではない。厨房から聞こえる赤井さんの声に返事をすると、中條さんに頭を下げ、厨房に向かった。

このお店のいいところは、規模が小さいなりに回転率がいいという点だ。グループで来るお客さんはほぼおらず、おひとりさまが半数以上。だから食事を終えたらすぐに席を立ってくれるというわけだ。ランチタイムは、特にそう。

ランチタイムのホールスタッフは私しかいないので、案内も給仕もレジ打ちもひとりで行わなければならず、とても目まぐるしい。やっと落ち着いてきたところで、コールドテーブルにティラミスの乗った白いお皿と、温かいコーヒーが置かれた。

「カウンター一番さんのコーヒーとデザート、お願いね」

「かしこまりました！」

さっそくそのコーヒーカップと皿をトレンチに載せ、中條さんのもとに運ぶ。いつの間にか、彼も食事を終えたらしい。

「中條さん、お待たせしました。食後のティラミスとコーヒーです」

「ありがとうございます」

中條さんは丁寧にお礼の言葉を口にすると、中央にミントの葉の乗ったティラミスに視線を注いだ。直後、彼の印象的な瞳がキラキラと輝いたのを見逃さない。

「さっそく、いただきます」

律儀に両手を合わせてから、添えられたスプーンに手を伸ばす彼。ココアのかかったチーズクリームをひと掬いして、口に運ぶ。私は魔法にでもかけられたみたいに、その様子をじっと見守ってしまう。

中條さんが目を引くのは、背が高いからだけじゃない。私含め、周囲の女性を魅了する整った顔立ちのせいだ。

ほどよく日に焼けた肌に、日本人離れした高い鼻梁、やや薄く、いつも微笑を湛えている唇。そして、顔のパーツのなかでもとりわけ存在感を放つのは、ちょっと垂れ気味の、くっきりと大きい二重の目だ。ティラミスを味わいつつ瞳を細めると、ぷっくりとした涙袋が強調され、優しく温厚そうな雰囲気が増す。

健康的で艶のある黒髪に、ごく自然なショートヘアの髪型も好感度が高い。おそらく三十歳前後であろう彼の雰囲気にも合っている。

合っている、といえば——彼はスーツがとてもよく似合う。オフィスワーカーらしき彼は、いつも仕立てのよさそうなスリーピースのスーツを身に着けている。今日はネイビーのスーツに明るめのブラウンのネクタイという組み合わせだけど、いかにも仕事ができそうな感じがして素敵だ。思わず、見とれてしまうくらい。

「芹香さん、今日もおいしいです」

すっかり彼の美しい容姿に気を取られていた私は、その言葉にハッと我に返った。

……いけない、いけない、本当に見とれてしまっていた。だって、まるで俳優さんみたいにカッコいいものだから、つい。

「よかった。中條さん、いつもBセット頼んでくださるからとても気合が入ります」

「相変わらず甘いものには目がないので。って、いい歳した男が言うのもなんですが」

頭を掻いて、少し恥ずかしそうに話す中條さんをちょっとかわいいと思う。

「他人に言わないだけで好きな人って結構いるので、珍しくないと思います」

彼が大の甘党であるというのは、かなり最初のほうに打ち明けられた。確かに男性のなかには甘いものが苦手という人も少なくないけれど、男女関係なくおいしいものはおいしいのだから、男性だからといって気まずく思う必要なんてないのに。とか、そんな風に思うのは私が女性だからだろうか。

「芹香ちゃーん。八番テーブルさんに紅茶とコーヒーお出ししてー」

「あっ、はーい！」

中條さんと談笑していると、厨房の赤井さんから別の指令を出される。

残念。本音を言えばもうちょっと話していたかったな、と思う。一度その場を離れてしまったら、彼の席に近づく理由が必要になる。それに、特定の常連さんとばかり話しているわけにもいかないし。

他の常連さんにはこんなことを思ったりしないのに。カッコいいうえに、自分の作ったデザートを褒めてくれる人だから？……私ってば、ゲンキンなんだから。

「それじゃごゆっくり」

「ありがとうございます」

中條さんに会釈をすると、彼も同じように軽く頭を下げてくれた。……こういう、礼儀正しいところも素敵だなと思って、心がじんわりと温かくなった。

ランチタイムが社会人の癒しの時間――と鷹石さんは言っていたけれど、私にとっては中條さんの来店こそ、忙しいランチタイムの癒しのひとときだ。

もうしばらく続くだろう戦いの時間。それを乗り切る元気をチャージした私は、再び厨房に戻ったのだった。


私の勤務シフトは十時から十六時まで。けれど、赤井さんに「話があるので少し残ってほしい」と言われて、と言われて、勤務後、着替えを済ませバックヤードで待機していた。

「お待たせ。悪いね、急いでるところ」

「いえ、とんでもないです」

調理のユニフォームを着たままの赤井さんが、二脚ある備え付けの椅子の片方に私を勧めた。私が座ると、もう片方を私と向かい合う位置に置いて、そこに赤井さんも座った。

普通、ランチのあとはクローズの時間を作るお店が多いけれど、この店はディナーの時間まで閉めずに営業を続けている。学生さんが多いから、カフェとしての需要を見込んでいるのだろう。事実、この時間はドリンクやデザートのオーダーが増える。

だからひとまずは他のアルバイトに店番をまかせ、こうして話をする時間が持てるのだ。

学生時代に格闘技をしていたというだけあって、がっちりとした体格の赤井さんだけど、目尻の笑いジワと快活そうな雰囲気も相まって威圧感がなく、相談ごとがしやすい。信頼できる雇い主だ。

その赤井さんが珍しく腕を組み、難しい表情を浮かべている。真面目な話なのだろうか――との思考が過ったところで、彼が口を開く。

「芹香ちゃん、うちの店でもっと働きたいって思ったこと、ない？」

「えっ？」

「今はオープンからディナータイムの前まででしょ。芹香ちゃんは若いのにしっかりしてるし、常連さんからのウケもよくて、安心して仕事をまかせられる。だからディナーまでいてくれると心強いんだけど」

「……あの、でも……お話ししてる通り、私、別のレストランでも働いてて……」

「うん、そうだよね。将来自分の店を持ちたいって夢のために、若いうちにいろんな店を見ておきたいっていうのも聞いてるよ。それを承知でお願いしたいんだ。芹香ちゃんがOKしてくれるなら、いっそ社員になってもらってもいい」

「社員さん……正社員ってことですよね」

「うん。非正規だとなにかと不安なこともあるだろうから。せめて、安心して働いてもらえるようにと思って」

「………」

この『Rosa Rossa』は、赤井さんと数人のアルバイトで回している。いくら回転率がいいとはいえ客単価が低いので、今がちょうどいいバランスだと先日、彼自身が話していた。正社員を雇うとなるとそれだけお店の負担も増えるわけで、懐が痛むはず。

「それくらい、芹香ちゃんの力を必要としてるってこと、伝わったかな」

「ありがとうございます。すごくうれしいです。でも私、やっぱり今はとにかくいろいろなお店で経験を積みたいんです。お誘いは本当にありがたいんですけど……」

高校を卒業後、飲食店のアルバイトしか経験のない私をこんなに熱心に誘ってくれるお店は二度とないかもしれない。断るのは忍びないけれど、私には選択の余地がなく、そう告げるしかない。

赤井さんは至極残念そうにため息を吐いてから、思い出したみたいにいつものにこにことした笑みを貼りつけた。

「そうか。いや、芹香ちゃんの気持ちを尊重したいから、無理強いするつもりはないんだ……わかったよ。気が変わったら、いつでも言ってね」

「はい。ありがとうございます。……それじゃ、失礼します。お疲れさまでした」

私と赤井さんが椅子から立ち上がる。私はもう一度深々と頭を下げた。

「お疲れさま。時間を取らせて申し訳なかったね」

「いえ……」

むしろ、いつもよくしてくれる赤井さんの期待に応えられず、申し訳ない気持ちでいっぱいだ。罪悪感を引きずったまま、私はバックヤードを出て、店番をしている他のアルバイトスタッフに挨拶をして店を後にする。

心のどこかで赤井さんの誘いを受けたいと思う自分がいた。でも私には、それを行動に移せない事情があるのもまた、事実だった。

『Rosa Rossa』はお店のスタッフもお客さんもいい人たちばかりで、そこでずっと働けたなら楽しいだろうし、どんなにいいだろうと思う。非正規雇用の多い飲食店で、正社員で雇ってもらえるというのも魅力的だ。

それに、他人に必要とされることが純粋にうれしい。私だから働いてほしいという赤井さんのストレートな台詞に、できることなら応えたかった。

——あーあ。……残念だな。

授業終わりの学生で賑わうこの道はまっすぐ駅に伸びていて、その向こう側は日本有数の繁華街に繋がっている。

私はどこか晴れない気持ちのまま、次の仕事先に向かった。

十八時。私は繁華街の外れに位置するビルの地下一階にある、『Gold Cherry（ゴールドチェリー）』というキャバクラにいた。

「エリカさん、場内指名入りました」

黒服の男性が声をかけると、私のとなりで待機していたエリカちゃんが「はーい」とかわいらしい声音で返事をして立ち上がる。グレージュに染めた髪を巻き、まるで短めのウェディングドレスみたいなレーシーなドレスに身を包んだ華やかな彼女は、ほんの数メートル先のエントランスにいる男性ゲストの目にも留まったようだ。

「うれしい～、よろしくお願いしますねっ。今日はたくさん飲みましょっ」

エリカちゃんは語尾にハートマークがつきそうな甘えた口調で、初対面と思しき男性とさりげなく腕を組んだ。

常々男性の指名を獲得するにはボディタッチが重要と豪語している彼女。さっそくの有言実行だ。男性もまんざらでもない顔をしている。ふたりは店内奥のテーブルに消えていった。

エントランスの脇にあるソファには、私も含めて色とりどりのドレスで着飾った女の子が五人。みんな一様に俯いてスマホと睨めっこしている。ひたすらメッセージアプリで男性とやり取りする子、自分のSNSに今日のドレス姿の自撮り写真をアップしている子、電話帳から連絡できそうな相手を探している子——それぞれがお客さんを呼び込もうと必死だ。普段ならゲストで賑わう時間帯なのに、こんな日は珍しい。

本当は私も同じような努力をしないといけないのだけど、残念ながらめぼしい相手にはすでに連絡済み。いずれも、既読スルーされているみたいだけど。

私は反応のないスマホを裏返して、テーブルの上に置いた。

キャバクラの仕事の魅力は、待機中でも時給が発生することだ。接客をしていなくても、その場にいるだけでお給料がもらえる。

けれど、私はこの待機の時間があまり好きではなかった。普段は忙しさのおかげで考えなくてもいいようなことが、ふっと頭を過る隙ができるから。

本を正せば、夜のお仕事それ自体を好きだとは思えないでいる。だから適性もないし、こういう職場を知らないで済むような星の下に生まれたかった、と強く思う。

——本当。まさか自分がこんな煌びやかな世界に飛び込むとは、思ってなかったな。

お店の壁は一部が鏡張りになっている。待機席の端に座っている私は、壁に映る自分自身の姿を覗き込んだ。

ヘアスタイルは無造作なポニーテールを解いて夜会巻きに。衣服は飾り気のない白いシャツと黒いエプロンを脱ぎ、淡いオレンジ色の肩が出るデザインのミニドレスとゴールドのピンヒールに着替えている。薄茶のカラーコンタクトで昼間よりも一回り大きくなった瞳の周りを縁取るのは、繊維入りの漆黒のマスカラとリキッドアイライナー、ブラウン系のラメ入りシャドウ。ローズピンクのチークとノーズシャドウを入れ、やや赤みの強いリップを引いた顔は、さっきまでレストランで働いていたほぼノーメイクの私とは別人だ。唯一変わらないのは、左目の下にある泣きぼくろだけ。

つい数時間前のできごとが——赤井さんの残念そうな表情が瞼の裏に浮かぶ。

——私、なにやってるんだろう。レストランの掛け持ちなんてしてないくせにうそをついて。せっかくありがたいお誘いをもらっておきながら断ってしまうなんて……。

仕方がないんだ。だって私には、人一倍お金を稼がなくちゃいけない理由があるんだから。

私の人生を決定的に変えたのは、たったひとりの家族である母が蒸発したこと。さらには、そのあとに発覚した借金だ。

母は昔から精神的に不安定なところがある人だった。父と離婚し、就学前の私を引き取った母は仕事に打ち込むかたわら、心にできた隙間を埋めるみたいに他の男性との恋愛にのめり込んでいった。

けれどこれぞという人には巡り合えなかったのか、相手の男性はしょっちゅう変わっているようだった。中学卒業までに「お付き合いしている人よ」と紹介された男性の数は片手では収まりきらない。母として、社会人として働く母によくそんな時間的余裕があるものだと子どもながらに不思議だったけれど、普段から寝不足でカリカリしていたところから察するに、私が寝ている夜中に家を空けていたのだろう。

仕事に家庭に疲れているからこその息抜きだったのかもしれないけど、そういう経緯から、漠然と母が男性に依存するタイプであるのだと把握していた。

ところが私が高校二年生のころにお付き合いした人と別れてからは、男性の影が見えなくなった。気になって母に訊ねてみると、「男の人にはもうこりごり」と言っていたので、なにか痛い目に遭ったのかもしれない。可哀想に思いつつ、これで母も少しは落ち着いた生活を送ってくれるだろう。

と、期待したのだけど——そんなに甘い話ではなかった。

そのころ、家のなかによくわからない御札や水晶玉のようなものが増えたことに気付いた。それでわかった。母は心の支えとなるものを、男性ではなく邪気が払われる御札とか、空気が浄化される水晶玉だとかに見出しているのだと。

もちろん、私はそんなものを信用していないけれど、母は真剣だった。私の知らないところでそういうアイテムを集めては家の至るところに飾っていく。

母ひとりでも人並みの稼ぎがあったのか、はたまたかつての恋人からの援助があったのか、幼少期からお金の面で特別苦労したということはなかった。だから高校を卒業したら調理の専門学校に通いたいという私の願いをすんなりと聞き入れてくれたし、そういう進路を辿るものだと信じて疑わなかった——母が突然、姿を消すまでは。

高校三年の初冬。母が家に帰ってこなくなった。携帯電話も繋がらない。

最初は事故か事件を疑って、警察に捜索願いを出したけれど、関連のありそうな案件はない。その代わり、行方不明になる直前に母の携帯電話を母自らが解約したことが発覚した。ということは、自分の意思で行方を眩ましたことになる。

母のことは毎晩眠れないくらいに心配だったけれど、高校卒業目前の私にとっては、自身の進路も心配だった。幸い、アルバイトをしていたため自身の口座にいくばくかの貯えがあり、当分の生活には困らなかったけれど、じきに回らなくなるのは明白だったし、進学に際しての費用を納める期限はすぐそこまで迫っていた。

どうするべきか悩んだ挙句、没交渉になっていた母の親戚筋を頼ることにした。私が中学に入学するくらいから会っていないけれど、母の姉である伯母は気さくで優しく、私のことをかわいがってくれていた覚えがある。

緊張しつつ連絡を取り、伯母の自宅に赴いたときに「留学はどうだった？」と訊かれ、ぽかんとしてしまった。伯母はさらに「英語が堪能なんでしょう。私立の名門で頑張ってるって聞いてるわよ」と、耳を疑うような言葉を投げかけてくる。

自慢じゃないけれど、学力は中の下。英語はどちらかというと苦手なほうの教科に入るし、通っているのは公立の高校だ。

どうにも話が食い違っている。伯母にわけを聞いてみたところ、私の学費や留学費、教材費、塾の費用など、ありとあらゆる名目で母が伯母に借金していたことが発覚した。しかも、伯母の話では母の弟にあたる叔父にも同様の借金を重ねているらしく、近々耳を揃えて返すと告げられていたと言うのだから、眩暈がした。

動揺する私に、伯母は母と交わしたという借用書を見せてくれた。そこには確かに母のサインと、私のアルバイト代では到底まかないきれない金額を母が借りたと証明する文言が書かれている。

身体中の力が抜ける思いだった。このうえ、さらに進学費用を貸してくださいだなんて、とても言い出せる状況ではない。

母はどうしてこんな大金を借りたのだろう？

心当たりは家に並べられたあの御札や水晶玉しかなかった。怪しいとは思っていたものの、母が「信頼できる人から譲っていただいたものなの」と話していたし、あまり深くは追及しなかったのが悔やまれる。

あとから調べてみて、これらは霊感商法で有名な会社の開運グッズで、インターネット上でさんざん効果なしと叩かれている疑惑の商品であったとわかった。

母は借りたお金をすべてそれらに変えていた。そして膨れ上がる借金を返済する目途が立たず、私の進学費用も支払えないと踏んで――ついには逃げ出した。

私は伯母に母のうそを謝罪し、母が行方不明であることを伝えた。

伯母は最初は半信半疑だったけれど、細かく会話を重ねていくうちに私の言い分を信じてくれた。私の境遇に同情はしてくれたものの、だからといって貸したお金のことは諦められないと言いたげだった。それはそうだろう。実の姉妹だからと信用して貸したのに、裏切って姿を消したのだから。

伯母は、私のためにと思って母にお金を貸してくれていたんだ。伯母だけじゃなく、叔父も。片親で育てられている私が惨めな思いをしないようにとの善意を踏みにじってしまったような心地がして、いたたまれなかった。

だからその場で「お金は必ず、私が返します」と宣言した。

私のために貸してくれたお金なら、母ではなく私が借りたようなものだ。母がいなくなってしまったなら、私が返すより他はない。どんなに時間がかかったとしても、伯母や叔父の善意に報いるために返済するべきだ。

かくして私は進学を諦め、借金を返すべく働き始めた。

女性が高時給で働ける場所と言って思いつくもののなかで、なんとか働いてみようと前向きになれたのがキャバクラだった。誰もが振り返るような美貌や巧みな話術は持ち合わせていないけれど、当時の私には若さがあった。スカウトしてくれた男性にも「ハタチ前の女性はウケがいい」と教えてもらったのが後押しとなり、夜の蝶となって気付けば七年目。この世界では、もうベテランの域だ。

思い返せば二十歳までの二年弱が、最も指名の本数を稼げていたのかもしれない。例のスカウトの言う通り、十代のキャストは貴重みたいで、アルコールが飲めないうえに営業トークが下手でも、興味を持ってもらえることが多かった。

風向きが変わったのは二十歳を過ぎてから。このころにはすでに夜の仕事に対して苦手意識が芽生え、自分から指名を取りにいこうという意欲は欠如し始めていた。

それからさらに四年が経った。太いお客さんを持っているわけでもなく、店の馴染みのゲストに「いつまで経っても初々しいね」と嫌味を言われることもある。けれど、お酒は強いほうで酩酊することもなく、常に状況を考え、テーブルに気を配るようにしているので、ヘルプの仕事はきちんとこなせているという自信があった。

それに加え、この店でのある重要な役割を担うようになったおかげで、あまり出勤調整をされることもなく、働き続けることができているのだ。

「いらっしゃいませ」

地上から続く階段からエントランスに下りてきた男性を見て、ホッとしたような、がっかりしたような複雑な気持ちになる。

「滑川(なめかわ)さん、お待ちしてました」

黒服が話しかけたのは、四十代後半と思しき風貌の男性。年齢の割りに、海外アニメのキャラクターが描かれたシャツにダメージジーンズ、足元は真っ赤なスニーカーという派手な装いに加え、センターパートの髪は黒とアッシュ系ブラウンのツートンカラーで、顎先まで伸びた個性的なスタイル。こう言っては悪いけれど、服も髪もややくたびれた印象があり、清潔感は感じられない。

滑川と呼ばれたその人は、緩慢な仕草で黒服に片手を挙げた。別段言葉を交わす必要はなく、黒服がこちらを向いた。

「なずなさん、お願いします」

私は返事をしてすかさず立ち上がった。なずなとは、この店での私の呼び名だ。エントランスまで滑川さんを迎えにいくと、彼は無造作な髭に覆われた口元を歪めるようにして笑った。

「えー、またなずなちゃんかぁ。もっと若い子つけてほしいよね。ってか、相変わらずお茶挽いてるんだ」

残念そうな口調でありつつ、どことなくうれしそうにも見える彼に、「私だって好きでいたいわけじゃないんですが」とか、「そこまで歳はいってないのに」とか、「暇で悪かったですね」とか——言い返したいことはたくさんあった。けれど、それらの言葉をすべて呑み込んで、精一杯の笑顔を作る。

「はい。なので、滑川さんが来てくれてうれしいです」

キャバクラで培った能力のひとつが、自分の感情に反した言葉を瞬時に考え導き出し、もっともらしく言うことだ。そのスキルを遺憾なく発揮すると、彼は「だろー？」

なんて満足げな表情を浮かべた。やや高い声で相槌を打ちつつも、内心では冷静さを保ったまま彼を店内奥へと促す。

奥のスペースは室内を取り囲むようにソファが配置されていて、間を区切るようにテーブルが置かれている。そのなかの一席に彼を案内して、となりに腰かけた。

滑川さんは、『Gold Cherry』と同じ系列のキャバクラの店長をしている。店同士の関係づくりと情報収集と銘打って週に二、三回、特定の女の子を指名することなく来店する。そんな彼をひとことで言うなら、男の人の嫌なところを煮詰めたような人。

なにを隠そう、私の重要な役割とは、滑川さんの相手をすることだ。

本来、フリー来店の彼にはそのとき手の空いてるキャストを誰でもつけていいはずなのだけど、彼は癖のある揶揄めいた言動からうちのお店の多くの女の子から敬遠されており、彼をNGにしている子までいるほど。加えて、彼自身も気に入らないキャストには指導と称してバンバン暴言を浴びせるので、そのせいで店を辞める子まで出てきてしまった。

百歩譲って、彼が自分のお客になる可能性があるなら気に入られるべく頑張ろうと思う子も出てくるのかもしれないけれど、系列他店の店長に営業をかけたところで、大幅な売り上げアップとはならないし、そもそも彼は指名料さえ渋るほど財布の紐が堅いタイプだから、それがなお女の子たちを遠ざける原因となっている。

　そこで私に白羽の矢が立ったわけだ。うちの店長曰く、「なずなちゃんみたいにいい意味で素人っぽい子がタイプみたいなんだよね」とのこと。

　その情報が本当かどうかはわからないけど、確かに耐えられないほどの暴言をぶつけられたことはないし、私がいつも暇をしているのは事実。無駄なトラブルを避けるためにも、その場にいるときは私が率先して彼の席につく、という暗黙のルールができてしまったというわけだ。

　彼に来店頻度を落としてもらうことが『Gold Cherry』の平和にも繋がると、うちの店長も気付いているけれど、立場的に邪険に扱うわけにもいかない。誰かが引き受けなければいけない役割なのもわかっている。

　このお店は他店に比べて時給が高いので、できればお払い箱にはされたくないし、滑川さんの相手をしていればお店に必要とされるなら、私にとっては悪いことではないのだと、自分自身を無理やり納得させている。

「そういえばさー、なずなちゃんってキャバ何年目なんだっけ？」

　彼が唯一この店で貢献しているといえる、キープボトルのウイスキーで水割りを作っていると、滑川さんが思いついた風に訊ねた。

「一応、七年目になります」

「そうだった、意外と長いんだよねー」

細く一重の瞳を瞠り、滑川さんがうなずく。

「で、指名、週に何本取ってるの？」

「よくて一本……あ、運がいいと二本入るときもありますけど」

水割りの入ったグラスを滑川さんの手前に置いてから、少しの間考える。ちょっとだけ、見栄を張った。

「出勤は？」

「週に四、五回ほど、ですね」

滑川さんは大げさに首を横に振りながら声を立てて笑った。第二ボタンまで開けたシャツの胸元に下がる、クロスのペンダントチャームが微かに揺れる。

「あー、じゃあ頑張んなきゃだめじゃん。うちにもいるよ、とりあえず出勤してれば時給出るからってそれで満足してる使えないヤツ。俺はそういう考え方大っ嫌いだから、『お前さー仕事なんだからもっと客取りにいけよ』ってガッツリ指導しちゃうけどね。しかもソイツがさ、まだ十九だからって変にお高くとまってるブスで——」

——また始まった。と、心のなかで嘆息する。

最初のうちは真剣に聞いていたけれど、あまりにも同じ話を何度もするし、自分のお店の女の子に対する過度な悪口や悪態に、この人が陰険で、ただ店長という権威を他店の女の子に振りかざしたいだけなんだとわかった。それからは、彼の話は頭を空っぽにしながら聞くことにしている。

「そうなんですね、滑川さんの立場だとご苦労も多いですよね。そういうお話を聞くと、私ももっと努力して成果出さなきゃって思います」

名前も知らない他店の女の子への罵詈雑言が一通り止んだので、用意していた台詞でやっと口を挟む。

こういったやり取りは過去、数えきれないくらい繰り返されているから、どういう話のときにはどんな返しをしたらいいか、なんとなくわかっている。滑川さんのほうも、自分が話すことで満足している節があるので、私の常に同じような相槌にはあまり興味がないようで助かる。

気が済んだとばかりに大きく息を吐いた滑川さんは、シャツの胸ポケットから紙タバコを一本取り出した。すかさず手持ちのライターでそれに火を灯す。

「昼職してたよね。なんだっけ？」

吐き出した煙が私に吹きかかるのもまったく気にならない様子で、彼が訊ねる。

「飲食店のホールです」

「ふーん。ずっと?」

「はい」

昼間の仕事に飲食店を選んだのは、料理が好きなことや、自分のお店を持ってみたいというざっくりとした夢があるのももちろんのこと、やる気があれば学歴がなくても早く仕事を覚えられそうだな、と思ったから。私の読みは当たっていて、そのときどきの社員やアルバイトの構成にもよるけれど、動きがよければ週に四日でも五日でもシフトに入れてもらえる。

お店の売り上げがふるわなくてシフトを減らされたり、廃業などの事情で勤務先を変え、『Rosa Rossa』で三店舗目。時給こそそれなりだけど居心地はいいし、ようやく肌に合うお店に落ち着くことができたというのが素直な感想だ。

――本当に、借金さえなければ……正社員で働いてみたかったな。

「なずなちゃんさ、顔は悪くないんだから、もっと明るく接客しないと。指名がつきにくいのって、そういうとこだと思うよ」

また数時間前のことが頭を過り、暗い表情でもしてしまったのだろう。滑川さんがさりげなく顔を近づけてくる。

この人がなにかを褒めるということは珍しいのだと、他のキャストが言っていた。店長の話も加味すると、私は多分、滑川さんに気に入られているのだと思う。

「勉強になります」

私は作り笑顔のままそう言うと、座り直すふりをして彼と少し距離を取った。

「あと、話し方がカタいんだよね。俺はそーゆーの、嫌いじゃないんだけどさ」

それに気付かれたのか、たまたまなのかはわからない。滑川さんが私の腰に手を回して、身体を密着させてくる。そして、ゆるゆるとその場所を撫でながら私の耳元でこう囁いた。

「……まぁ、その気があるなら、ふたりきりになれるところで丁寧にアドバイスしてあげてもいいよ。夜の仕事、続けたいんでしょ？」

欲が透けて見える問いかけとともに、彼の不揃いの髭が耳朶に触れる。

身の毛もよだつとは、こういうことなんだと思う。背筋だけではなく、全身に冷たい感触が駆け抜けていった。

滑川さんはこんな風に身体に触れてくることが多くて辟易している。

――さあ、早く角の立たない返答を考えなきゃ。

すぐにでも払いのけたい気持ちをぐっと堪え、なにも気にしていないふりをしてテーブルの上のレディースグラスに手を伸ばした。

「あ——ありがとうございます。滑川さんもお忙しいでしょうから、折を見てお願いさせてもらいます。私も水割り、いただいてもよろしいですか？」

妙なお誘いは、話を逸らして乗り切るしかないという結論に至った。気遣うふりをしてお礼を言いつつ、両手でレディースグラスを持って小首を傾げる。

「ん、どうぞ」

「ありがとうございます。いただきます」

なびかない私に滑川さんはちょっと不満そうではあったけれど、水割りを作る、という大義名分を得ることができた。

私はやや前傾姿勢になって彼の腕から逃れた。身軽になった身体で、自分の分の水割りを作り始める。私はウイスキーの味が苦手で、いくら飲んでも好きにはなれないけれど、これをおいしそうに飲むのが今の私の役目ならば、そうするしかない。

私は手を動かしながら、ちらりと彼に視線をやる。

清潔感のないファッションや長髪に、しつこく何度も同じ話を繰り返すところ、隙あらば密着してくるところを揶揄して、うちのお店の一部の女の子は、彼のことをナメクジと呼んでいる。滑川という名前をもじっているらしい。

なんてことを知ったら、滑川さんはきっとその子たちを怒鳴り散らすに違いない。

夜の世界は煌びやかだけど、我慢しなければいけないことがたくさんあって息苦しい。常に気を使っている割りにはその気遣い自体が裏目に出てしまうこともある。

同じ接客業なのにどうしてこうも違うのだろう。昼間に『Rosa Rossa』に食事をしに来る男性は感じがよくて、話していてこちらも楽しいと思える人が多いのに、『Gold Cherry』で出会う男性は横柄だったり強引だったりなうえ持ち出す話題は顔を顰めたくなるものが多く、いまいち好きになれない人ばかりだ。

キャバクラは男性の下心が露になる場所であるのは知っているけれど——みんな昼間は仮面を被っていて、一皮剝いた素顔が欲望に塗れているのが当たり前だと言うならがっかりしてしまう。

そんな風にショックを受けるのは、私が大人の男性というものをよく知らないせいなのだろうか。

借金を返すと決めた十八歳から、よそ見をするまいと異性に対して一線を引いてしまいがちだ。不仲の両親を見ていたため「せめて自分は幸せな恋愛と結婚を」という憧れはあるのだけれど、今の私に手放しでそれを追いかける余裕なんてないのだ。

本当にやりたい仕事も、恋愛も、すべては義務を果たしてから。

今までの稼ぎから考えて、借金を返し終えるにはあと二年くらいかかりそうだ。終わりが見え始めたから頑張れる。「さらに二年」と考えるよりは「たった二年」と考えたほうが楽になれるだろう。そう、このつらい日々は、あとたった二年程度で終わるはずだ。その日が訪れるまで、ひたすら突っ走るしかない。

私はタバコとアルコールの匂いが充満するフロアで日付を跨ぐたび、「早く目的を果たして辞めたい」と願うのだった。

# 2

昼は『Rosa Rossa』、夜は『Gold Cherry』と二足のわらじで働いていた私に、転機が訪れたのは梅雨入りした六月のことだった。

連日盛況の『Gold Cherry』の近隣に系列店舗の『Rose Quartz（ローズクォーツ）』ができ、私はその新店舗に移籍することになった。『Gold Cherry』よりもさらに駅寄りの立地のため、『Rosa Rossa』と距離が近くなるのが移動に便利だと思う反面、身バレなどの悩みの種になりそうとの懸念はあったけれど、ろくに指名も取れていないヘルプ専門の私が配属先に意見するわけにもいかず、従うことにした。

「なずなちゃん、いつも俺の相手ばっかしてるけどそんなんで平気～？　せっかく新店舗に移ってきたんだし、心機一転真面目に営業したほうがいいんじゃないの～？」

スポーツブランドのロゴがところどころ剝がれかけたTシャツと色褪せたネイビーのハーフパンツ、ほつれたキャンバス地のスニーカー。本日も清潔感に欠けるスタイルの滑川さんは、私の作った水割りのグラスを傾けながら、唇を歪ませて笑う。

六月以降、彼は『Rose Quartz』に顔を出すようになった。『Gold Cherry』に残った女の子によれば、「なずなさんが新店舗に移ったって話をしたら、『じゃあ俺もそっちに行くかな』って言ってましたよ」とのこと。

追いかけてきてもらうのは悪い気はしないけれど、それは指名をしてくれたらの話。私は新店舗でも相変わらず、重要な役割を果たしている。

「頑張ってるつもりなんですけどね、結果がついてこなくて」

私は困った風に笑ってみせながら、バカにされていることに内心で「放っておいてほしい」と小さく叫ぶ。彼だけが知らないけれど、私はこうして私の任務をやり遂げているのだ。

ありえないとは知りつつ、もし私が指名で埋まるようなことがあったら、この人はどんな反応をするんだろう。一度でいいから、そういう機会があれば胸がすくのに。

「仕事は結果がすべてだよー？　俺の連絡先知ってるよね。連絡くれれば、いつでも個人的にレクチャーするから」

私が苛立っていることなんて知らないままに、彼はまた私の腰を抱いて囁いてきた。耳元で感じる髭の感触と吐息が不快で、突き飛ばしたくなる衝動を理性で抑え込む。

「ありがとうございます」

思ってもいない台詞が唇からこぼれたところで、私たちのテーブルに黒服と淡いグリーンのミニドレスを着たショートカットの女性がやってきた。

「お話し中失礼いたします。マコさんです」

「マコでーす。滑川さん、お久しぶりですー」

黒服が滑川さんにキャストを紹介すると、マコちゃんが明るく挨拶をする。

「なずなさん、ＶＩＰルームにお願いします」

「わかりました」

マコちゃんを私の逆どなりに座らせた黒服からの指示に、小さくうなずく。

ＶＩＰルームとは、芸能人や政治家などなるべく顔が割れないように遊びたいというゲスト向けの個室だ。相応の追加料金を支払うことで利用できる、特別な部屋。

店長から、「今夜はＶＩＰに大切なお客さまが来る」と聞かされていて、店内でも人気を争う三名の女の子に加え、私も一緒にテーブルにつくことになっている。多分、彼女たちが入店半年未満でまだ気の回らない部分があるだろうと案じて、七年選手の私を投入したのだろう。

「なに、なずなちゃんは今日ＶＩＰルームに呼ばれてるの？」

「そうなんです～。今日はすっごく大切なお客さんが来るって話で、なずなさんは精鋭部隊に任命されました！」

「へえ。そういうこと」

まだ大学生だというマコちゃんはノリが軽いけれど、所作が上品で礼儀正しいので滑川さんのウケも悪くない。だから彼女が宛がわれたのだろう。

とはいえ、あっけらかんと笑うマコちゃんに反し、滑川さんはちょっと面白くなさそうに見える。……私が、VIPルームに通されるような人から気に入られているのでは、との思考が過ったのかもしれない。

──考えなきゃ。滑川さんの気分を害さないような返事をしておかないと、のちのち苦労しそうで怖い。

「あ、いえ、期待されてるのはヘルプ業務だと思うんですが」

私はアタッカーとしてではなくディフェンダーとして投入されたので『精鋭部隊』なんて呼ばれ方もなんか違和感がある。私は両手を振ってから立ち上がった。

「──滑川さん、ごちそうさまでした。失礼いたします」

「なずなさん、いってらっしゃーい」

私は滑川さんに頭を下げて自分のグラスを黒服に手渡すと、途中、キャストの待機スペースを抜けエントランスへ引き返した。

――梅雨時期だけど、今日明日は真夏のような天気との予報が出ている。仕事が長引くとわかっている夜に、雨が降っていると疲労感が増す気がするから助かるけれど、代わりに真夏の暑さが襲ってくるのは、それはそれで憂鬱だ。

『Rose Quartz』も『Gold Cherry』同様、地下一階の店舗。エントランスから地上に伸びた螺旋階段のすぐ脇にある扉の先がVIPルーム。最大八名が入室可能な室内は間接照明の明かりでやや暗め。奥と左右の壁を縁取るようにコの字型にソファが配置されている。防音が効いておりカラオケが設置されているほか、ガラスのショーケースに高級ブランドのロックグラスやワイングラスが飾られていて、高級感がある空間だ。

部屋の扉は開いていて、濃いブルーの大人っぽいロングドレスを着たこの店ナンバーワンのまりあちゃん、ワンショルダーでタイトなモノトーンのミニドレスをまとう美雪（みゆき）ちゃん、ピンク色に彩られたフィッシュテールのドレスのメイちゃんの姿が見える。彼女たちは男性ゲスト四人を席に案内しているようだ。

四人の男性のうち、ふたりは似たような風貌だった。いずれも二十代前半くらいで、髪は明るめの茶髪でベリーショート。背中や腕に大きくゴールドで縁取られた髑髏の模様の入ったジャージを着ている。ひとりが黒地で、もうひとりが白地だ。この暑い日に、長袖を着ているのは不思議な感じがする。

もうひとりは二十代後半から三十代前半くらい。サイドとバックを刈り上げたややオレンジ味を帯びたスパイキーショートがワイルドだ。反面、ワイシャツにスラックス、革靴の装いがサラリーマンっぽいかと思いきや、シャツは虎が描かれた派手な和柄で「いったいどこで手に入れたの？」というデザイン。大きくはだけた胸元にはゴールドのゴツゴツしたネックレスが覗いている。

三人が三人とも個性的な出で立ちだ。お客さまのことを悪くは言いたくないのだけど、やんちゃそうというか、怖い感じがするというか……外で遭遇したら、お近づきにはなりたくないオーラが漂う人たち、という印象。

残るひとりはまともそうでホッとした。ナチュラルな黒髪にネイビーのスーツを着た男性。虎シャツの男性のほうを向いて話をしているから、ここからは顔が見えない。

せめてこの人だけは話しかけやすい雰囲気だといいのだけど。

スーツの男性がキャストの美雪ちゃんに話しかけられて、扉の方向に顔を向けた。

その瞬間、私は「えっ」と声を出してしまいそうになる。

――なんで？　どうして中條さんがここに……⁉

見間違いではないかと何度も目を凝らす。だけど、視界に映るのはやっぱり『Rosa

Rossa』の常連の中條さんだ。

中條さんがここにいるのも、連れがちょっと——ではなく、だいぶ目立つ感じがする人たちであるのも想定外。頭のなかはねずみ花火が忙しい音を立てて跳ね回っているかのごとく大騒ぎしている。

「なずなさん、もうお客さまいらしてますよ」

まりあちゃんが部屋のなかから小声で私を呼んだ。

「あ……そ、そう、ですね。失礼します」

それでも、仕事は仕事。私はいつも通りの作り笑いを浮かべながら、VIPルームの扉をくぐったのだった。


四人ともハイペースでお酒を飲み干すものだから、私は自分のグラスの中身を減らす暇もないほど忙しかった。

なるほど、こうなることがわかっていたから店長は私をVIPに割り当てたのだ。キャストの三人が三人とも美人で話し上手だけれど、お酒の提供が追いつかなくなるのは困るだろうから。やっぱり、私の予感は的中していた。

……それにしても、気まずい。

サイドからゲスト三人とキャストふたりの賑やかな声を浴びつつ、私は斜め前に座る別のふたりを見た。サイドに流した長く艶のある黒髪をかきあげて微笑むまりあちゃんと、穏やかに談笑する中條さん。

さっき全員がテーブルについたあと、それぞれ軽く自己紹介をした。そのときやはり、彼は「中條です」と、私のよく知る名前を名乗っていた。

人違いであってほしいと願っていたけど——やっぱり彼は、あの中條さんみたいだ。

今日の昼も、彼は『Rosa Rossa』のランチを食べに来てくれている。いつもと同じBランチでデザートは期待を裏切らずティラミス。「これを食べると、午後も仕事を頑張ろうって気になるんですよね」と笑っていた。そのときの笑顔を、今はまりあちゃんに向けているのが、変な感じがする。

彼のほうはどうだろう。同じテーブルのキャバ嬢が馴染みの飲食店のホールスタッフであると気付いているだろうか。

できることならバレたくない。中條さんはちゃんとしてそうな人だし、わざわざ今日のことを『Rosa Rossa』で言いふらしたりはしないだろうけど、こういう形でダブルワークをしていることは誰にも言っていないし、今後も言うつもりはない。

いや、でも——と思い直す。昼の私と夜の私では、だいぶ印象が違うはずだ。名乗ったのは源氏名だし、ひと目見ただけでは、同一人物だと気付かれない自信はある。少なくともこの時点では、まだ知られていないはずだ。

　であれば、今後も中條さんに「あれっ」と思わせる隙を作らなければいい。お酒を作ることに集中して、あまり主張せずなるべく俯いていることにしよう。それがいい。

　……にしても、彼らはいったいどういう集まりなんだろう。他の三人はどことなく空気感が似てるけど、明らかに中條さんだけ浮いているのが気になる。

「あのぉ、中條さんたちがうちのお店のスーパーマンだって話、本当ですかぁ？」

　頭に疑問符が浮かんだちょうどそのとき。よく通る甘い声でメイちゃんが首を傾げると、緩く曲線を描くミディアムヘアが揺れる。その問いかけが、それぞればらけた話題で盛り上がる場を束ねたようだ。

「それ、誰が言ってたのー？」

　中條さんの返事を待たず、虎シャツのサクタさんが軽い調子で訊ねる。

「うちの店長です。だから、みなさんは大切なお客さまだって」

「なるほどね。……スーパーマンか。どうやったって正義の味方にはなれねーけど」

　まりあちゃんの返答を聞くなり、サクタさんは腕を組み、おかしそうに声を立てて笑った。黒ジャージのシンイチくんと、白ジャージのタイセイくんも同調して笑う。

「えー、お店を守ってくれるなら正義の味方じゃないですかー。私たちのヒーローってことですよね?」

サクタさんのとなりに座っていた美雪ちゃんの言葉に、サクタさんがすかさず「バカ」と笑いながら突っ込む。

「ヤクザがヒーロー面できるわけねーだろ」

——えっ、ヤクザ?

やっと自分のグラスに口を付けるタイミングができたというのに、衝撃の台詞を聞いたせいでサクタさんに目が釘付けになった。

……今。ヤクザって言った?

「菊川組って知らない? オレたちは全員、そこの人間」

「えーそうなんですね!」

「あたし、そういう世界の人と会うの初めて! 本当にいるんだぁ、なんか感動」

「芸能人に会ったみたいでテンション上がるー」

私以外の三人のキャストは、極道と聞いても顔色ひとつ変えず——むしろ興味津々といった風に声のトーンを上げ、会話のキャッチボールを盛り上げる。入店半年とはいえ、さすが精鋭部隊のアタッカーたち。こんなイレギュラーな状況にもすぐに順応するとは、恐れ入る。

「マジで？　サインでもしとこか？」

好感触を受けると、サクタさんは冗談を言いながら八重歯を見せて笑った。

アルコールで饒舌になっているらしい彼に詳しく話を聞いてみる。この区域が彼らの組の縄張りであり、店が彼らにみかじめ料を納める代わりに、地回りをしている——トラブルがないようパトロールをしている、ということがわかった。

サクタさんは「オレたちは全員、そこの人間」だと言った。

そこ、とは菊川組。つまり、四人全員がヤクザであるとの宣言に等しい。

他の三人は置いておくとして……中條さんが、ヤクザ？

中條さんが『Rosa Rossa』の常連になって約一年半。彼と同じ空間で会話できるのは、来店一回につき三十分程度のわずかな時間しかないけれど、それでも一年半、継続してコミュニケーションを取っていれば、その人が本質的にどんな人であるのか、ある程度伝わってくるものだ。

中條さんはいつも店員の私に対して丁寧な話し方をしてくれる人で、食べる姿が美しく、食べ終わったあとのお皿もきれい。紙ナプキンやストローの包装などのゴミもまとめておいてくれて気が利く。いつもレジ前で、「おいしかったです、また来ますね」と優しい言葉をかけてくれる。本当のイケメンとは、見た目だけじゃなくて心までそうなんだと感動していたのだ。

そんな彼の言動とヤクザという単語のイメージとが、まったく結びつかない。ただただ、信じられない気持ちでいっぱいだ。

「ちょっと、お酒」

「あっ、失礼しました」

私のとなりに座るタイセイくんが、自分の空のグラスを示して短く言ったので、慌ててそれを引き取り、水割りを作る。グラスにアイスを入れる手が震えるのを悟られないようにするためには、思いのほか集中力が必要だった。

……いけない、いけない。いくら驚いたからとはいえ自分の仕事はこなさないと。

「どうぞ」

「ども」

タイセイくんのコースターの上にグラスを戻す。テーブルでは、サクタさんと美雪ちゃん、シンイチくんとメイちゃん、そして中條さんとまりあちゃんが会話を楽しんでいる。ということは、私もタイセイくんと話をしなければ。

「……あの、長袖って、暑くないですか？」

私は部屋に入る前から抱いていた疑問を投げかけてみることにした。

「え？」

「ほら、夏なので。それともこの部屋、クーラー効きすぎてますか？」

ミニドレスで肩も脚も出している私が平気なのだから、その可能性は低いと理解しつつも、気温の感じ方は人それぞれだ。私がさらに訊ねると、タイセイくんは細く剃った眉を下げて「あー」と苦笑した。

「気にしないで。兄貴たちから、人が集まるところでは着てろって言われてんの」

「……？」

「スミ見せると、気分悪くさせるからって」

スミってなんだろう――と、思考を巡らせてみる。さほど間を置かず、それが刺青を示しているのだと気付いた。

この場にいる男性は全員長袖を着ている。タイセイくんも、そしておそらくシンイチくんやサクタさんも、半袖になったら見える位置に刺青が入っているのだろう。

「そ、そうなんですね。なるほど……」

軽い世間話を振ったつもりが、その理由が想定外にヘビーだった。考えたとてうまい返事も思いつかず、気まずさをごまかすみたいに自分のグラスに口を付けた。

ということは中條さんも……？

いや、いつもピシッとスーツで決めている人だから、一概にそうとは言い切れない。世のサラリーマンの男性のなかには、夏でもきちんと上着を着ている人が多いし。

――って、あぁ……そうだった。中條さんは普通のサラリーマンじゃなくてヤクザだったんだっけ。……やっぱりまだ、頭が受け付けない……。

「なずなさん」

頭がずーんと重たくなったところで、まりあちゃんが私の名前を呼んだ。

「――席替えしましょ。中條さんが、なずなさんと話してみたいって」

驚きのあまり、まりあちゃんと中條さんの顔を交互に見比べる。まりあちゃんはもう少し中條さんと話していたかったのか少し残念そうな雰囲気だけれど、中條さんはロックグラスのウイスキーを呷ったあと、こちらを見つめてふっと微笑んだ。

……このまま穏便に済まそうと思っていたのに、まさかの展開だ。

「あっ、はいっ」

立ち上がるまりあちゃんと入れ違いに、中條さんのとなりに移動する。わずか二、三歩の距離を、こんなにも躊躇したのは初めてだ。

「よ……よろしくお願いします」

こんな心臓に悪い時間が他にあるだろうか。中條さんの端整な横顔を見つめることができず、とはいえそっぽを向くわけにもいかないので、代わりにスーツと同系色の、つるつるした質感のネクタイを凝視してしまう。

——お願い。どうかこのままバレませんように……！

「こちらこそ」

中條さんは微笑んだまま、優しい声音で言った。つい数時間前、「デザートの新商品は作らないんですか？」という世間話を交わしたときと同じ、温かみのある声。

「今日もティラミス、おいしかったですよ」

私がソファに腰を下ろした途端、彼がその声のままに爆弾を落とした。渾身の願いが届かなかったことを知り、血の気が引いていくような心地だった。

……もしかしなくても……しっかりバレてる……？

「なずなさん、でしたっけ」

「は……はい」

私の声はこれ以上なく震えていたと思う。次々と予想外のできごとに直面すると、誰しも魂が抜け出てしまったみたいに、平静ではいられなくなるものだろう。

「お手洗い、案内していただけませんか？」

「はっ、はい……すぐに」

言われるがままに席を立ち、中條さんを外へと促す。扉の外には店内に続く通路の他に、バックヤードと繋がる扉、そしてレストルームへ繋がる扉とがある。レストルームと書かれた扉を示すべくうしろを振り返ると、なぜか彼はエントランスの螺旋階段を上り始めた。

「あのっ、どちらに……？」

慌てて追いかけると、ピンヒールの踵が金属質な音を立てる。中條さんに追いついたのは、地上に出たあとだった。

名だたる繁華街というだけあり、太陽が沈むのを合図にあちらこちらの建物や看板で眩いネオンの光が煌めき始める。その光に導かれるように、昼間よりもずっと多くの人の群れが大通りを行き交っていた。

中條さんは身を隠すみたいにビルとビルの隙間に私を促すと、やっとこちらを振り返った。

「――すみません、他の人に聞かれると困るので」

そう言われてようやく、話をするために私を連れ出したのだと気付いた。往来する車や集団の話し声によって、私たちの声も発した途端に周囲に溶け込んでいきそうな気がする。それを見込んで、ここに連れてきたのだろう。

「芹香さん、ですよね？」

今度はずばり、単刀直入に問いかけられた。

——どうしよう。なんて返事をしよう。考えなきゃ、考えて……！

「……ひ、人違いじゃないでしょうか？」

熟考の末、否定の言葉を口にした。外の薄闇が、私の容貌を曖昧に暈してくれているはずだ。だから万にひとつでも言い逃れられるだろう、との期待が、無意識にあったのかもしれない。

「メイクと服装でかなり見違えましたけど、どこかで会ったことがあるなと気になって。……その、ほくろ」

中條さんは人差し指で自身の左目の下を示しながら言った。

「メイクでほくろは隠せませんよね」

訊ねるというより、確信を持っているという口調。彼の記憶力のよさに反論する気力を失った。……こうなってはもう、認めるしかなさそうだ。

「……いつもご来店、ありがとうございます」

「いえいえ。あんなにいいお店、こちらこそ助かってます」

観念して小さく頭を下げると、中條さんが安堵したように表情を緩めた。

「――びっくりしました。まさか地回りの最中に芹香さんを見かけるとは……」

「わ、私もびっくりしました」

――それはもう、いろんな意味で。びっくりの度合いは彼よりも私のほうが遥かに高い自信がある。

彼は決して裏社会の人には見えない温かな笑みを浮かべて、小首を傾げた。

「確認ですけど、私たちが顔見知りということは、隠していたほうがいいですよね？」

「そうしていただけると……た、助かります」

『Rosa Rossa』で働く私と、この場所で働く私とをリンクさせたくない。些細な情報が身バレに繋がる可能性もあるし、突っ込まれても答えにくいから、できれば伏せておいてもらったほうが都合がいいに違いなかった。

「承知しました」

申し訳ない気持ちで言う私に、彼は快くうなずいてくれた。

「ただ……こちらにもいろいろと事情があり、私たちがこの店に顔を出す機会も増えそうなんです。またこんな風に接客していただくと思いますので、その点だけは、ご理解いただけるとありがたいです。決してあなたが困るようなことは口にしませんので」

「は……はい、それはもちろん」

中條さんがこの店を訪れる理由があるのなら、それを咎めることはできない。彼も私の立場を慮って余計なことは言わないでいてくれそうだし、昼職の顔見知りだからといってあまり警戒しなくてもいいのかもしれない。

……それに、どちらかというと、本当は中條さんのほうがマズいと思っているんじゃないだろうか。一般人にヤクザだと知られるメリットは特になさそうだし。

「あまり長いこと席を外していると不自然ですね。戻りますか」

「そう、ですね」

誠実そうで爽やかな笑顔を、素敵だなと思った。左胸が甘くきゅっと締め付けられる感覚に陥りつつ、ときめいてはいけないと自戒する。

――いくらカッコよくて優しい人でも、この人はヤクザなのだ。ヤクザ。怖い人。この爽やかさも、優しさも、穏やかさも……すべて見せかけのものかもしれないのだ。

私は中條さんとＶＩＰルームに戻ると、再びその輪に加わった。賑やかな酒宴は、深夜まで続いた。

# 3

「芹香ちゃん、カウンター二番さんにカルボナーラよろしく」

「はいっ！」

梅雨明けが迫る七月上旬、週末のランチタイム。厨房とホールを行ったり来たりする私は、暑さで汗だくになりながらパスタを運んでいた。

「お待たせしました！　カルボナーラです」

二番に座っていたのは鷹石さんだ。先に提供していたサラダの器が空になっていたので、それと入れ替えるような形で彼の前にパスタ皿を置く。

「ありがと。しっかしいつ来てもここは満席だね」

周囲を軽く見渡す仕草をしてから、鷹石さんが感心したみたいにつぶやく。

「ですね、おかげさまで」

お昼どきの『Rosa Rossa』の売り上げは好調をキープし続けていて、まるでお昼だけ時間の進みが早いような錯覚をするほどだ。私は大きくうなずく。

「お店としてはうれしい悲鳴だろうけど、大変でしょ。お昼の時間のホールを回してるのって芹香ちゃんだけだもんね」

「大変ですけど、忙しいほうが性に合ってるみたいなので大丈夫です」

手や身体を動かしているほうが、なにも考えなくて済む。目の前の仕事をいかに効率よくこなせるかは身体が覚えているので、ストレスもたまらないし。逆に、お客さんの流れが落ち着いていて売り上げが減るかも……なんて状況のほうが、不安を感じてしまいそうだ。このお店では、できるだけ長く働いていたいと思うから。

「それならいいけど。最近暑くなってきたから倒れないでよ。前から言ってるけど、芹香ちゃん含めての俺のオアシスなんだから」

「ありがとうございます！」

鷹石さんは既婚者で、中学生の娘さんがひとりいる。「うちの子も芹香ちゃんみたいな明るい子に育ってほしいな」なんてありがたい言葉を口にしてくれることもあり、だから私も彼に親戚のお兄さんのような気安さと親しみやすさを覚えている。

——うちのお店は、本当に常連さんに恵まれているな。

そのとき、レジに置いてある呼び鈴が鳴った。

「はーい！　今行きまーす！」

レジのほうを振り返りながら言うと、そこには中條さんが立っていた。

「あの彼、よく見かけるけどいい男だよね。若いのに、いつも高そうなスーツ着てるし、礼儀正しいし」

私に倣ってレジに視線を向けた鷹石さんが、中條さんを観察しながら小声で感想を述べる。目を引く容姿の中條さんを、鷹石さんも認識していたらしい。

「この辺はデカいビルがたくさんあるから、そういうとこで働いてんのかな。稼いでんだろうし、芹香ちゃん、彼氏募集中なら今のうちにツバつけといたほうがいいよ」

「な、なに言ってるんですか鷹石さんっ。お客さまをそんな目で見てませんって」

からかうように言う鷹石さんを一蹴して頭を下げ、私は急いでレジに駆け付ける。

「すみません、お待たせしました」

「いえ、とんでもない」

いつもと変わらない、人柄のよさが伝わってくる微笑みを浮かべる中條さん。会計を済ませると、口元に湛えた笑みをさらに濃くする。

「今日もおいしかったです。ごちそうさまでした」

「いつもありがとうございます」

私が頭を下げると、彼は声を潜めてこう続けた。

「――今夜また、伺いますので。よろしくお願いします」

今夜も『Rose Quartz』に中条さんがやってくる。小さくうなずいてから、私は彼が店の外に出ていくのを見送った。

胸がドキドキしているのは、誰も知らない秘密を共有しているからか、それとも直前に言われた鷹石さんの言葉を変に意識してしまっているからなのか。

中条さんは素敵な男性だ。それは抗いようのない事実。背が高くて、イケメンで、感じがよくて、身なりもきちんとしている。

そんな彼が裏社会の人だと知ったら、鷹石さんはどんな反応をするのだろうか。

……中条さんと接する機会が増えれば増えるほど、やっぱりそんな風には思えなくて――ひたすら頭が混乱している。

「芹香ちゃーん、カウンター三番さんのコーヒーお願い！」

「はいっ！」

まだまだ忙しい時間は終わらない。私は雑念を払うように軽く頭を振ってから、厨房に戻った。

「はーい、来たよ～。今日もガンガン飲もうねー美雪ちゃん！」

十九時過ぎ、中條さん御一行が『Rose Quartz』に到着した。先頭で軽薄な笑みを浮かべているのは作田さん。エントランスで待ち受けていた指名の美雪ちゃんを見つけるなり、彼女の細い手を引いてVIPルームに入っていく。

そのうしろにいた信市くんはメイちゃんと、泰成くんはまりあちゃんと、そしていちばんうしろに控えていた中條さんと私が、最後に部屋に入った。

彼らが初めてこの店を訪れてから約一ヶ月。彼らは二日と空けずに来店するようになった。訪れるときは必ず四人一緒で、時間帯は今くらいから二十四時過ぎまで、このVIPルームを利用している。

彼らはお店にとって非常にいいお客さんだ。女の子のドリンク代は惜しまないし、ボトルも積極的に入れてくれるうえに、飲むペースも速い。ゆえに、お会計の金額も他のゲストとは桁違いだ。

さすがこの部屋を長いこと占領できるだけある。店長が精鋭部隊を惜しまず投入する理由がよくわかった。いい女の子をつけて気分をよくすれば、もっと売り上げが上がると踏んだのだろう。

ただひとつ読みが外れたのは、彼ら四人のなかで最も上の立場でありそうな中條さんが、私を指名するようになった、ということだろうか。店長は多分、まりあちゃんを彼に宛がうつもりだっただろうから。

来店の頻度が高い分、それぞれ女の子たちとの距離感もぐっと近くなっている。他愛のない会話を交わしながら、ＶＩＰルームの方々で三組が飲み始めたので、中條さんのために空けていた奥のソファに彼を促し、かけてもらう。

「あの……本当に私でいいんでしょうか？」

中條さんはいつもウイスキーのロックと決まっている。アイスを入れたロックグラスに、彼のキープボトルであるイギリスのシングルモルトのウイスキーを注ぎながら訊ねた。このウイスキーはお店でいちばん高価な銘柄で、ほとんど出ないボトルだ。

質問の意図が伝わらなかったようで、中條さんがちょっと困ったように首を傾げる。私は、グラスをコースターの上に置いて続けた。

「いえ、せっかくこういう場所にいらっしゃるので、中條さんが一緒にいたいと思う女性を指名していただいたほうがいいのかな、と思って。……私に気を使って遠慮しているのなら、その必要はないんですよ」

四人でとはいえ、会計金額を確認するたびに毎回恐縮してしまう。なにか事情があっての来店であるのは聞いているけれど、だとしてもこれだけのお金が動いているのなら、好みの女性をとなりに呼べばいいのに。中條さんには、その権利がある。

「気を使ってるとかじゃないです」

中條さんは緩く首を横に振ってから、ちょっと言いにくそうに声を潜めた。

「というか、働いている方の前でなんなのですが……私は根本的に、こういうお店が苦手なんです。女性との時間を買う、というのに抵抗があって。相手に悪い気がしてしまうんですよね。だから、逆に迷惑だったら言ってください」

「迷惑だなんて。……ランチタイムの短い時間ですけど、中條さんとは一年以上もお付き合いがあるので、むしろお話しできるのは楽しいです。私はありがたいんですが、中條さんがつまらないんじゃないのかな、と心配で……」

「私もなずなさんと話せるのは楽しいですよ。昼のお店は忙しくて、のんびり話したりはできないのでなおさら。……前にも言いましたが、しばらくの間通わせてもらうことになりそうなので、その時間を知らない女性と過ごすより、顔見知りのなずなさんと過ごせたほうがうれしいです」

「そういうことなら……今後ともよろしくお願いします」

よかった。てっきり顔見知りだから別の子を指名しにくいのではと思っていたのだけど、そもそもお店で遊ぶのが苦手という言葉やその理由、普段の彼の振る舞いとが合致して、妙に腑に落ちた。

むしろ私と話していたいと思ってくれているのなら、こちらとしてもうれしい。私は改めて頭を下げた。

「こちらこそ。……あぁ、ドリンクをどうぞ。気が利かなくてすみません」

手前に置いたロックグラスを手に取ろうとして、言葉通りすまなそうに彼が言う。

「とんでもないです。あの、ではありがたくいただきます」

「飲むのも仕事のうちなんですよね。いつも言ってますけど、無理のない範囲で好きに頼んでもらって構いませんので」

「……恐れ入ります」

——中條さんってば、話がわかるうえに優しすぎる。

指名料を払い出した途端、急に馴れ馴れしくなったり、ボディタッチが増える男性も多いなか、中條さんはそんな態度を少しも見せたりしない。

飲んでも絶対に乱れないし、私以外の女の子に対しても紳士的で、言葉遣いが丁寧。こんなに素晴らしいお客さまに、私はいまだかつて出会ったことがない。

私はさっそく、ラムベースのピニャコラーダというカクテルをいただくことにする。ボトルを入れてもらったら、女の子にもボトルのお酒を勧めるお客さまが多い。カクテルなど一杯ずつ提供されるお酒は、その分がダイレクトに会計に乗っかってきてしまうから、コストパフォーマンスが悪いのだ。

支払いをするのはお客さまなので、キャストのほうから「違うものが飲みたいです」とは言いにくい。苦手なお酒でも、仕事のため我慢していただいている状態だ。

けれど、中條さんに指名してもらうようになってすぐ、彼は私がウイスキーが苦手であることに気付いてくれたばかりでなく、「無理する必要はないから、飲みやすいものを頼んで」と声をかけてくれたのだ。

このお店のお客さまはウイスキーをキープボトルにすることが多く、必然的にウイスキーの水割りばかりを飲むことになる。それがいつもつらかった。

ラムは香りが好きだし、飲みすぎても悪酔いしにくい気がする。中條さんたちとのテーブルはいつも長丁場だから何杯かいただくことを想定して、弱めのカクテルからごちそうになることにした。

中條さんから指名してもらうようになったこの一ヶ月、お酒に対してのストレスはだいぶ減った。本当に、彼には感謝しかない。

「あの、機会があれば訊いてみたいと思ってたんですけど」

ピニャコラーダで中條さんと乾杯をした直後、思い出したみたいに彼が口を開く。

「なんでしょう？」

「違ってたらすみません。もしかしてなずなという源氏名は、本名から連想して？」

「はい、その通りです。よくわかりましたね」

まさか名前の話をされるとは思っていなかったので、ちょっと意外だったけれど、素直にうなずく。

「私、一月七日生まれで……それで、母が春の七草の芹から文字を取って芹香、って名前にしたんです。だからか、お店での名前を決めるときに浮かんできたのが他の七草で。……ナズナって、しぶといイメージがありませんか？　雑草根性というか」

「なるほど」

中條さんが納得したように笑った。

夜の世界に足を踏み入れるのが怖かった、十八歳の私。けれど、母の借金を返すと決めたからにはやり抜くしかない。雑草のナズナみたいに、踏まれても踏まれてもまた立ち上がるしぶとさや強さが必要だった。そんな名前をつければ、言葉のイメージが自分自身にも宿るような気がして。

「——だからナズナを選んだってことですね。……やっぱり」

まるで予想していたみたいな言い方だった。不思議に思う気持ちが顔に出ていたのだろう。中條さんが緩んだ表情のまま続ける。

「もしかしたら七草と関係があるのかな、とは思ってたんです。源氏名としては、ちょっと変わっているなと。それで、気になって」

「そうですね、あんまり女性の名前としては聞かないかもです。……そのせいか、お客さまのなかには、ペンペン草ってバカにしてくる人もいますよ」

お店にたくさんいるキラキラした子たちに比べて、これといった取り柄のない私が雑草に見えるのも無理はない。笑い話のつもりで言うと、中條さんが「でも」と真面目な顔をする。

「かわいいじゃないですか、ナズナって」

「え？」

「よく見ると実がハートの形をしていますよね。ああいう植物、他にない気がします」

「ああ、葉っぱですか？　確かにそんな形にも見えるような」

「葉と思いきや、あれは実なんですよね」

「へえ、そうなんですか。……そうだったかもしれません」

すっかり記憶から抜け落ちていた。そういえば、理科の授業で実を割ったりしたかもしれない。突如として、遠い昔のできごとが脳裏を過った。

「時季が来て見かけたら観察してみてください。結構しっかりハート型です」

「はい。見てみますね」

結構しっかりハート型。その言い方が面白くて噴き出してしまいつつうなずく。

……もしかして今、フォローしてくれたのだろうか。

中條さんと接していると、彼が極道の人であることを忘れてしまいそう。ナズナの実がハートの形をしていることを教えてくれるヤクザなんて、この人くらいだろう。

一ヶ月、毎日のように五、六時間もとなりにいれば、中條さんや彼の仲間のことも少しずつわかってきた。

中條紘(ひろむ)さん。二十九歳。大学を卒業してからずっと、この辺りに本部を置く菊川組という暴力団の組員であるらしい。

好きなものはお酒とスイーツ。「どちらかしか選べないとしたら?」と訊いたら、彼はかなり迷ってスイーツを選んでいた。特にチーズを使ったティラミスや、生クリームがたっぷり入ったショートケーキが大好物なんだとか。

甘党なのは知っていたけど、彼はお酒を飲むときでさえ、甘いものをおつまみにしている。今も、ウイスキーのロックに合わせているのは生チョコだ。仕事終わりにお酒と甘味を同時に味わうのが、なによりも幸せを感じるらしい。

嫌いなものは筋の通らないことと姑息なこと。そして、理由のない暴力。……とてもヤのつく自由業の人の言葉とは思えない。でも冗談を言っているような雰囲気でもなかったから、きっと彼の本心であるのだろう。

「おい、紘になずなちゃんっ。今日こそアフターしようぜ、アフター」

ソファの端から、美雪ちゃんの肩を抱く作田さんの楽しげな声が飛んできた。

作田光平さん。中條さんと同じ二十九歳で、中條さんとは高校時代からの友人。

友人という割りには、ふたりの間に似通った雰囲気は感じられない。中條さんの風貌をエリート会社員に例えるなら、茶髪に派手な柄シャツでいかにもやんちゃな喋り方の作田さんは、失礼ながらホストやヤンキーに見えてしまう。

「いい、私は遠慮しておく」

明るすぎるくらいの作田さんの口調に対し、中條さんが淡々と断りを入れる。と、それを受けた作田さんが「えー」と高い声を出した。

「なんでだよー。美雪ちゃんが寿司食べたいって言うから、『ふじ倉』行こうぜ。お前も寿司好きだろ」

『ふじ倉』とは、駅の裏側にある老舗の高級寿司屋さん。私みたいな庶民には縁のないお店なので詳しくは知らないけれど、食通の人たちが絶賛しているお店だ、という情報は辛うじて持っている。

「……『ふじ倉』の営業時間は二十三時までのはずだけど」

ちょっと考えるような間を置いてから、咎めるように作田さんへと視線を送る中條さん。すると、作田さんがおかしそうに笑った。

「そんなん地回りしてるオレらが『開けといて』って頼んだら、アイツら開けとくしかないわけじゃん」

「お前、自分の都合で店の営業時間変えるなよ」

中條さんが呆れて言うと、作田さんは愉快そうに手を叩く。

「出た出た、優等生の紘ちゃん。真面目か！　こないだ酔っ払って暴れてる客がいたから、ボコボコにして追い出してやったんだよ。それで向こうも恩義を感じて、快く延長してくれるっていうんだから悪くないだろ」

「……そういうことか」

私も心のなかで中條さん同様、そうつぶやいた。普段お店のパトロールをしてるんだから、その分融通を利かせてほしいと交渉したわけだ。やり方はともかく、それならまぁ、わからなくもないのかも。

「いや、でもいい。帰る」

「じゃーなずなちゃんだけでも！　『ふじ倉』の寿司をオゴりで食えるって、めちゃラッキーだと思うけど」

中條さんの意思が翻らないことを知ると、作田さんは私に誘いをかけてきた。

「いえ、私も遠慮しておきます」

「ええーマジで？　もったいなっ」

『ふじ倉』のお寿司に興味がないと言えばうそになるけど、仕事終わりに食事をして帰るとなると、展開によっては朝方になってしまう。私以外の三人のキャストは夜一本で働いているようだから、なにも問題はないだろうけれど、十時からランチの仕込みに入る身としては睡眠時間を確保したい。

――でも、うーん……翌日のことを考えていつも断ってしまっているから、たまにはお付き合いしたほうがいいんだろうか……？

「こっちにはこっちの予定があるから。……ね、なずなさん？」

少し悩んでいると、中條さんが私に目配せをする。瞬間的にその意図を察知してうなずくと、作田さんの顔がにやけた。

「え、なに、そういうことー？　ふたりでどっか行くって？　ならしゃーないか。意外とやること早いな、お前も」

私と中條さんがふたりきりでアフターをする。中條さんが機転を利かせてくれたおかげで、作田さんが勘違いをしてくれたようだ。諦めてくれてよかった。

「――あ、信市と泰成は強制だから」

「はいっ！　ありがとうございます」

付け加えられた台詞に対し、他のふたりはキャストとの会話を止めてまで、歯切れのいい返事をする。

信市くんと泰成くんは中條さんたちの弟分にあたるらしい。極道とは噂に聞いた通りの縦社会で、兄貴分の中條さんや作田さんの言うことは絶対のようだ。

ふたりの指示に若い彼らは絶対にＮＯを言わないし、なんなら兄貴分の指名キャストである美雪ちゃんや私に対しても気を使った接し方をしてくれる。

……確か初めて泰成くんのとなりに座ったときはタメ語だったはずだし、実際歳も同じくらいなのだけど――

「姐さん、落ちてますよ」

今や、こんな風に仰々しく呼ばれるようになってしまった。泰成くんの足元に私のライターが転がっていたのを、わざわざ拾って渡しに来てくれる。

「あっ、ありがとうございます」

ライターとハンカチは夜の仕事の必需品だ。とはいえ、中條さんはタバコを吸わない人なので、彼のとなりで使うことはまずない。だからいつの間にやら取り落としてしまっていたらしい。

「――その呼び方、なんとかならないですか？　呼ばれるたびに緊張してしまって」

「でも、兄貴のいい人なんで……」

『兄貴のいい人』というフレーズに、甘酸っぱい感情が胸を掠めつつ、それを顔に出さないように平静を装う。指名をしてもらっているので、間違いではないのか。

おそらくそちらの世界ではそういうマナーがあるのだろう。一緒に過ごす以上、彼らのルールもある程度受け入れるべきとわかっているけれど、恐縮してしまう。

助けを求めるみたいに泰成くんが中條さんを見た。

「私は構わない。ご本人の希望通りにして」

「はいっ」

中條さんが涼しい顔で承諾すると、泰成くんはやや佇まいを正して返事をした。それから私に視線を向け、大げさに頭を下げる。

「なずなさん、失礼しました」

「あ……いえいえ、こちらこそ」

逆に注文をつけてしまったようで心苦しいけれど、『姐さん』なんていかにも裏社会の呼称っぽくて、自分自身がいけないことをしているみたいな気分になる。

中條さんが仲間内で会話をするたびに、気心が知れているはずの作田さんや、その下の信市くんや泰成くんに対しても自分のことを『私』と言うのが意外だ。口調こそ砕けているけど、乱暴な言葉遣いをしている場面を目にしたことはない。他の三人は興が乗ったり酔いが回ったりすると、ちょっと怖いと感じる言動があるのに。

本当に、中條さんだけが浮いている。彼がヤクザであるというのが、みんなでついているうそなのではないかと勘繰ってしまうくらい。

ロックグラスの中身を舐めるように飲む彼を見つめる。お酒を飲んでいるだけなのに、整った容姿のせいか絵になると感じた。

――この人はどうしてヤクザをしているのだろう？　わざわざ日の当たらない世界に飛び込む必要なんてないように思えるのに。

密かにずっと気になっているけれど、言葉にはできないでいる。

その理由は、彼が私に対して『どうしてキャバクラで働いているの？』と訊いてこないのと同じなのかもしれない。

なんとなくだけど……心当たりがあるわけではないけれど、軽々しく訊ねてはいけないことな気がする。私が母の借金のために夜職につくと決意したように、彼が極道を選択したのには、並々ならぬ事情がありそうだ。

……彼らのことを知った気でいて、肝心なことはなにもわかっていないのだと、今さらながら気が付く。私は、キャバクラが苦手だという彼がどうしてこんなに頻繁にお店に通ってくれているのか、その理由すら知らないわけで。

訊いてみたいけれど、私たちはただのキャストとお客。多くの時間を共有していても、一歩踏み込むにはまだ勇気が足りない。彼もそれを望んではいないだろう。

「さっきはありがとうございました。作田さんの……」

泰成くんがまりあちゃんのもとに戻ったのを確認してから、私は中條さんに小さな声でお礼を言った。

「ああ、いえいえ。光平はとにかく酒の席が好きなんですよ。朝まで賑やかにやりたいだけなので、無視して大丈夫です。お互い、次の日には仕事がありますからね」

言われてみれば。アフターの話が持ち上がると、中條さんは必ず断っている。翌日の仕事のためもあるのだろうけれど、もしかしたら私が断りやすいようにしてくれているのかも……とか、今、気付いてしまった。

そういえば中條さんのお仕事って——ヤクザのお仕事って、なにをしてるんだろう。どんな風に働いているのか、全然想像つかないや。

「昼間は大忙しでしょうから、これだけ暑いと余計に大変ですね。お疲れさまです」

「大丈夫です。私、身体は頑丈にできてるので」

いっこうに膨らまない想像を頭のなかから追い出しつつ、両手を軽く握って元気をアピールしてみせた。すると、中條さんはホッとしたように笑みを濃くする。

「それならよかった。お店が忙しいのはなによりですが、いつも席が空いていないのではとヒヤヒヤしながらお邪魔しています」

「今の規模だとどうしても現状の席数が限界なんです。あの辺り、どこも混んでて空いてるお店を探すのが大変なので、下手するとランチ難民になっちゃいますよね」

相変わらず、せっかくランチを食べに来てもらってもいっぱいで入れない——ということが多々ある。中條さんは比較的遅めの時間に現れるので、実際入れなかったことはほとんどなかったのではと記憶しているけれど、タイミングが悪いと、残念ながら「ごめんなさい」をしなければいけない。

「もちろんそういう不安もあるんですけど……あのお店でティラミスを食べたいと思った日は、そうしないと調子が出ないので、そっちのほうが深刻なんです」

「えっ、本当ですか」

びっくりして訊ねると、彼は照れくさそうにうなずいた。

「それくらい、私にとっては生活の一部になってるってことですかね。……ふわふわしたチーズクリームの食感と、エスプレッソのしっかりした苦みが最高です。何回頼んでも飽きません」

おそらく思い出しながらの語り口は、彼が心の底からそう思ってくれていることを示しているようだった。彼はお店でも何度も私のティラミスを褒めてくれているけれど、こうやって試行錯誤したレシピを絶賛してもらえるのは無条件にうれしい。

「いつも必ずオーダーしてくれてますものね。中條さんほどあのティラミスを気に入ってくれてる人はいないかもしれません」

あくまであのランチの売りはパスタであって、デザートはおまけみたいなもの。メインそっちのけで称賛してくれる常連さんは彼くらいだ。

「あっ、よかったら、レシピを教えましょうか？」

「すごく魅力的な提案ですが、私はあいにく料理をしないので。……それに、あのティラミスはお店で食べるから余計においしい、という感じもするんですよね」

「なるほど、お店だから余計に、ですか……」

なにかお礼ができればと思ったのだけど——そういうものなのだろうか。

なんにせよ、きっとこれからも食べに来てくれるということだ。明日からよりいっそう気合を入れて仕込もうと決意を新たにした。

「次、どうしますか？」

楽しくお喋りしているうちに、私のグラスの中身がなくなりかけている。それに気付いた中條さんが、声を潜めて続けた。自然と顔が近づいて、胸の鼓動が高鳴る。

「飲み疲れてるならノンアルコールカクテルでもいいんですよ」

「え、でも」

「週末なので無理しないでください。なにを飲むかより、楽しくお話できるかのほうがずっと重要ですよ。どうせ周りは誰も聞いてやしませんから」

彼は、私が今週出ずっぱりであることや、ヘルプに精を出していたことを知っている。それゆえの気遣いなのだろう。わざわざ他のメンバーに聞こえないように言ってくれるのは、場の雰囲気をしらけさせないようにしたいという私の意を汲んでくれているからに違いない。

彼はゲストなんだから、そんなこと気にしなくていいのに。でも、優しい台詞が胸に沁みる。

「じゃあ、お言葉に甘えて……同じものをノンアルコールでいただきます」

「そうしてください」

小さく笑ったあと、縮まった距離がもとに戻る。

「食事もとりたいタイミングで自由にどうぞ。なずなさんが遠慮深いのはよく知っていますが、夕食どきですし」

「すみません。至れり尽くせりで、本当、なんて言っていいか……」

「いいえ。連日のように振り回しているので、これくらいは」

振り回されている感じが、ちっともしない。中條さん、どうしてこんなに優しいんだろう。

いい人すぎて、逆に大きな下心を隠してるのでは……という思考が過らなくもないけれど、今ところその片鱗は少しも見えない。それに、彼のようにカッコいい人であれば、私のような人気のないキャバ嬢なんかに執着する必要はないのだ。きっと、その整った容姿に見とれた女性のほうから声がかかるはずだから。

平日は夜が来るたび心が擦り切れて疲弊していたけれど、中條さんと過ごすときだけは妙な安らぎを感じている。

働いているのにおもてなしを受けているような妙な錯覚に陥りつつ、「でも」と自分を戒める。

どんなに優しくて素敵な人でも、この人は私とは住む世界の違う人。適度な距離感を保って付き合わなければ、私の身にも危険が及ぶかもしれない。

――親しくなりすぎないようにしなきゃ。彼にはまだ、隠している裏の顔があるのかもしれないのだし。

私は思考の片隅でそう心に誓いつつ、彼と当たり障りのない無難な会話を楽しんだのだった。

「おー。久しぶりじゃん、なずなちゃん」

週明け月曜日。『Rose Quartz』出勤直後についたのは滑川さんのテーブルだった。

「滑川さん、お久しぶりです」

彼と話すのは三週間ぶり。滑川さん対応をまかされていた私だけど、ここのところは中條さんの来店のタイミングと被っていたのだ。

いつも通り、ゲストグラスにウイスキーの水割りを作り始める。すると、滑川さん

がおもむろに口を開いた

「ところでさー、他の子に聞いたけど太い客がついたってホント？」

いつも軽薄な笑みを貼りつけているイメージの滑川さんだけど、今日は明らかに面白くなさそうな顔をしている。

「えっと……」

指名をもらっているのは事実だけど、彼の態度が引っかかって素直に認めづらい。水割りの入ったグラスを差し出してからなんと答えるべきか考えていると、彼は敵意のある鋭い眼差しをこちらに向けて続ける。

「しかも若くてイケメンでＶＩＰルームの常連だって話だよね。やっぱそういう客が来ると、なりふり構わず行っちゃえって感じになるのかな」

「………」

滑川さんは怒っているみたいだけど――なぜ怒られているのかがわからない。黙っていると、彼の語調がさらにきつくなる。

「で、どんな手使ったの？」

「どんなって……」

「だいたい決まってるよね。キスＯＫってことにしたり、身体触らせたりさ……ああ、もしかしてヤらせた？」

「なっ……」

思いがけず、みだりがましい言葉が飛んできて絶句する。

「売り上げ立たない崖っぷちのキャバ嬢の常套手段なんだよね、枕営業って。女の武器は使えるだけ使うっていう。……ま、確かにそういうやり方もあるんだろうけど、俺の店ならそういうキャストは即クビだね、クビ。だって、他の女の子にも同じようなこと求められたら可哀想じゃん」

滑川さんにこんなに悪意に満ちた態度をとられるのは初めてだ。片脚を忙しなく揺らしているところを見ると、相当イライラしているのだろう。そんな彼が、自身のいらだちを押し隠すかのごとく鼻で笑う。

「つーか、人としてのプライドないのー？　とかって思うよね。金稼ぐために枕すんなら、最初っから風俗で働いてろよ、みたいな」

「あの、私……そんなことしてません」

戸惑いつつも正しいことを伝えなければいけない。私はやっと口を開いた。

「そ？　でも他の女の子も言ってたよ。こんな短期間で、あんだけ売り上げるのは不自然だって」

「…………」

先週の頭に、先月分のランキングが貼りだされていた。いつも圏外なので関係ないやと流し見ていたら、私はまりあちゃん、美雪ちゃん、メイちゃんに続く四位であると知ってびっくりした。こんなに上のほうに私の名前が書いてあるのは初めてだ。四人の売り上げは僅差。他の三人が何人もの熱心なお客さんを持っているのに対し、先月分の指名がほぼ中條さんからだったことを考えると、彼の力でランキングに載ったということになる。

私のようなパッとしないキャストに入れ込む理由はなんなのだろうと邪推したくなる気持ちは、わからないでもないけれど――

「だいたいさぁ、若いのに派手な金の使い方するのはヤバいヤツばっかだよ。そういうまともじゃないヤツを焚きつけて、金使ってもらえるようになにか特別な『お願い』でもしたんじゃない？」

「ち、違います！」

タバコの匂いの染みついた滑川さんの指先が、私の顎に伸びてくる。反射的にその手を払ってしまい、乾いた音が響いた。

「俺一応客なんだけど？　……客にそういう態度していいと思ってんの？」

滑川さんは叩かれた手を痛そうなそぶりで振ってみせてから、軽く舌打ちをする。

「――あ……申し訳ありません。失礼しました」

そもそも、この店にはキャストには触れてはいけないというルールがある。もちろん律儀に守っているゲストは少ないのが現状だけれど、彼は運営サイドの人間なのだからそのルールは当然知ってるはずだし、守るべき立場の人だ。

店長が自分に強く出れないと知っているから、好きなように振る舞うなんて。むしろ、謝るのは滑川さんのほうなのではないか。

湧き上がる怒りを鎮めようと深呼吸をする。彼が厄介な人であるのは最初から知っていたことじゃないか。ここで怒りをぶつけても店長やお店に迷惑がかかってしまう。穏便に済ませておいたほうがいい。というか、そうしなければいけない。

それより、返事を考えなくては。中條さんが私を指名してくれているのは、私と彼がたまたま顔見知りだったからだ。だけど滑川さんにそれを説明するわけにはいかないし。

「……私もわからないんです。でも、滑川さんがおっしゃるようなことはしていません。絶対に」

「ふーん、そう」

……だめだ。全然信じていなさそうな言い方だ。

私はさりげなく周りのテーブルの様子を窺った。ゲストはさておき、女の子たちからの視線を感じる。このテーブルで面倒なことが起きていると気付いているみたいだ。

頭を悩ませていると、黒服がマコちゃんを連れてやってきた。

「失礼します。マコさんです」

「やだー滑川さん怒ってますー？　こういうとこでは楽しく飲みましょっ」

妙に凍った空気を温めるためなのだろう。いつもよりもややテンション高めにマコちゃんが笑う。その隙に、黒服が私に耳打ちをした。

「なずなさん、ＶＩＰルームに指名のお客さまです」

「は、はい」

多分、中條さんたちがやってきたのだ。……助かった。今回ほど滑川さんの相手がつらいと感じたことは、今までなかったから。

「あーそうだね。ごめん、それはそうとマコちゃん、悪いけど水割り作り直してよ」

「え？　……いいですけど、なんでです？」

どうしてか、滑川さんは私が作ったばかりの水割りを指し示して、すまなそうに言った。マコちゃんも不思議そうに首を傾げる。

「金のためならホイホイ身体を差し出すような女が作った酒なんて、飲みたくないからね。悪いけど」

冗談っぽく笑いながら言っていたけど、こちらを見る細い目は笑っていない。これには明るいマコちゃんも困ったように笑うだけだ。

「……ありがとうございました。滑川さん、失礼します」

お酒をいただく前に離席することになったのも、彼を不快にさせる一因なのだろうか。けれど、指名のゲストが来ればそちらに行かなければいけないのは、彼も重々承知のはず。私はテーブルにつかせてもらったお礼を述べながら、頭を下げた。

「せいぜい今日もＶＩＰの客から金を吸い上げるんだな。お得意の枕営業で」

「…………」

なんでそうやって決めつけるのだろう。

というか、冷静に考えれば私が自分の身体を使って営業をしていたとしても、彼には関係ない話ではないだろうか。彼のポリシーに反しているからって、他店のキャストに対してそこまで悪しざまに言う権利なんてない。

胸にモヤモヤしたものを抱えながら、ＶＩＰルームへと向かう。その途中。

「大変だね～なずなちゃん」

「エリカちゃん……」

レストルームに行く途中らしいエリカちゃんに、小声で声をかけられる。

彼女も私と同時期に『Gold Cherry』から『Rose Quartz』に移籍している。レストルームの前まで腕を引かれ、内緒話をするみたいに彼女が続けた。

「ナメクジのヤツさ、私も最近相手したんだけど、お気に入りのなずなちゃんに当たれないからって機嫌悪かったの。しかもなずなちゃんの指名客がVIPルーム使うようなリッチなイケメンって知って嫉妬の炎がメラメラしちゃったみたい」

「そういうことなんだ……」

つまり、さっきのあの態度は好意の裏返しってこと？

……それがわかったからといって、滑川さんに対するモヤモヤが晴れるわけではない。彼は確実に、越えてはいけないラインを越えてきた。もはや敵意と同じだ。事実無根であるのに、あそこまで罵られる理由にはならないだろう。

「てか、話したいならちゃんと指名料払えって感じだけど、アイツはケチだしねー」

声を潜めながらも、エリカちゃんの声はこの状況を楽しんでいるかのように弾んでいた。けれど次の瞬間、ブラウン系のシャドウでより大きくなった瞳が意味深に細められ、赤みの強いリップに縁取られた唇が、きゅっと引き締まる。

「けど気にすることないよ。今はなずなちゃんに夢中な太客、見つけたんだもんね？」

「え……」

気のせいか、私の腕を掴む手の力がぐぐっと強くなった気がする。それぞれの指が互い違いにマカロンカラーで彩られたネイルが、皮膚に食い込みそうなほどに。

「じゃ、いろいろ頑張って」

私はきっと、怯えた顔をしていたのだと思う。エリカちゃんは私の反応を見て満足したように笑うと、ぱっと掴んでいた手を離し、マーメイドラインのドレスの裾を翻して自分のテーブルに戻っていった。

おそらく彼女は、私にそれを言いたいがためにわざわざテーブルを立ったのだ。

私は彼女が掴んでいた手首の辺りに視線を滑らす。そこにはなんの痕跡も残っていないけれど、あのとき感じた圧迫感やヒヤリとした感情はちゃんと覚えている。

つい直前に、似たような情念を感じた——私に対する敵意。

エリカちゃんに悪く思われるようなことをしただろうか？　……考えてみるけれど、心当たりはない。

胸がざわざわと落ち着きのない音を立てる。

……だめだ、仕事中なんだから、余計なことは考えちゃいけない。早くＶＩＰルームに行かないと。

私を取り巻く世界が変わろうとしているのを感じながら、不安や動揺を押し隠し、中條さんたちが待っているだろう場所へ向かったのだった。

その日から急に、自分の持ちものがなくなるようになった。
多かったのはライターやハンカチ、名刺。私は忘れものをするのが嫌で、それらの必需品は常に自身のロッカーにストックを置いている。最初は自分で家に持って帰ったのかとスルーしていたけれど、明らかに数が足りないことに気付いてからは、「誰かに盗られているのかも」との考えが過った。
バックヤードにあるロッカーはキャストの人数分用意されているけれど、流動性のある職場ゆえに使用者の入れ替わりがあっても即対応できるよう、鍵がついていない。私はロッカーにストックを置くことをやめ、自分のバッグのなかに一セットだけ持つようにした。
すると今度は私物がなくなった。出勤時に外した飾りゴムや筆記用具、ドレスに合わせるアクセサリーの入ったポーチなどなど、それらはすべて自分のバッグに入れ、ロッカーにしまっているものだった。

つまり、誰かが私のバッグの中身を漁って盗んでいるということだ。実際、バッグの中身がぐちゃぐちゃになって、ウイスキーの水割りがぶちまけられていることもあった。こんなの、絶対悪意を持った誰かの仕業に決まっている。

悪意——と思ったとき、滑川さんとエリカちゃんの顔が浮かんだ。

滑川さんは難しいだろう。彼がバックヤードに入ろうとすれば誰かが止めるだろうし、入ることができたとして、私のロッカーを特定することはできないのではないか。

となると、エリカちゃんだろうか。彼女とは以前から出勤のタイミングが一緒で、着替えながら話したりすることも多かったから、私のロッカーの場所は把握している。

そういえば……嫌がらせがあるのは、私がVIPルームで中條さんたちの接客をしているときばかりだ。そういう日は仕事終わりがクローズの時間となるから、ラストまでエリカちゃんのお客さんがいないようなら、彼女は一足早く上がっている。

私の腕を摑んだときの『いろいろ頑張って』との言葉も、彼女に対する疑いを濃くする要因となっている。『いろいろ』のなかには『執拗な嫌がらせ』も含まれているのではないか。彼女の言い方は、かなり意味深なものだったから、あり得る。

だけどエリカちゃんだったとして、なんで私を攻撃するのだろうか？

脳裏に浮かんだのは、私のランキングだ。

今までは下から数えたほうが圧倒的に早くて、みんなのヘルプ要員だった私が、中條さんみたいなお金払いのいいイケメンに指名され、あっという間に上位に食い込んできた。それが気にくわなかった、とか。

それに気付くと、最近キャストの子たちの一部が、妙によそよそしい態度であるのが気になってくる。同じテーブルについても私の顔を見ないし、ゲストが見えないところでは返答もそっけない。

私はお店が忙しいせいだと思っていたけれど、別に理由があるかもしれない……？

これまでキャストの女の子同士が、お客を取った取られたで揉めているのを何度も見てきた。それによって売り上げのランキングが変動して、ケンカになる姿も。

よくも悪くも目立たない私はずっと蚊帳の外だったけれど——事情が変わって、渦中に立たされた、ということなのかもしれない。

もしそれが原因なのだとすると、中條さんが指名してくれる限りこの理不尽な嫌がらせは続くのだろう。それればかりか、エスカレートしていく可能性もある。

働き始めて七年目。こんなにこの仕事を辞めたいと思ったことはない。ゲストともキャストともギスギスして、それでも表面上はにこにこと笑顔でいなければいけない。

……借金さえなければ、今すぐにでも辞めるのに。

いやでも待って。まだエリカちゃんや他のキャストの仕業と決まったわけじゃない。

証拠はなにひとつないし、悔しいけれど、ここで騒ぐのは得策じゃない。

――考えなきゃ。解決するには具体的な方法が必要だ。他の誰かをあてにせず、自分の力で。

まずは誰の仕業なのかを明確にしないと、対策も変わってくるだろうから――

「なずなさん、どうしました？」

「えっ？」

中條さんが私の顔を覗き込むようにして訊ねた。彼の黒々とした瞳が、心配そうに揺れる。

「なんだか、とても疲れた顔をしています。大丈夫ですか？」

「大丈夫です。なんでしょう、今日は特別暑かったからですかね」

私は取り繕うように笑顔を作った。

接客中に余計なことは考えないようにしているのに。近ごろの私の思考の大半をこの悩みが占めているせいで、ほんのわずかな隙間にも不安がもれ出て、いつの間にか意識を乗っ取ってしまうことが多い。

「……無理は禁物ですよ。身体を壊したら、元も子もありませんから」

「ありがとうございます。中條さんの優しさに、いつも救われてます」

「そんな、大げさです」

彼が噴き出して笑うから、私も返事の代わりに笑ってみせたけれど、その実、ちっとも大げさじゃないのにな、と思う。

周りのキャストも黒服も、店長までも。私がものをなくしたり着替えや持ちものがびしょ濡れになっていたりするのを知っているのに、対岸の火事とばかりに見て見ぬふりをしている。下手にかかわって自分に火の粉が降りかかってくるのが嫌なのだ。

こうやって私を労わってくれるのは彼だけ。私はお礼を言いながら、手元のおしぼりで彼のロックグラスについた水滴を拭く。

今夜も、出勤直後についたテーブルでハンカチをなくした。こういう事態が起きうるとわかっていて目を離した私が悪いのだけど、店長に呼ばれて一瞬だけ離席した間のできごとだった。

私への嫌がらせの主犯はエリカちゃんで間違いないだろう。ものがなくなるタイミングは彼女が出勤しているときに限ってのことだ。

それに仕事を終えた退勤時、ロッカーにしまっていた自前のドレスにウイスキーの水割りがぶちまけられていたとき、ロッカーの隅に片方だけのピアスが落ちていたことがあった。ピアスの穴を開けていない私のものであるわけはなく、後日、エリカちゃんがそれを探していると知って確信した。上がりの時間なら酔っていただろうから、落としたことに気付かなかったのかもしれない。

さっきも彼女と同じテーブルについていた。とはいえ、大人数のテーブルだったうえに、彼女と私はゲストや他のキャストを挟んで対角線上の関係だったので、彼女自身がハンカチを奪うのは不可能。となると——もしかしたら、同じテーブルで接客をしていた彼女と親しいキャストが、この悪趣味ないたずらに加担しているのかもしれない。

万年最下位争いをしている私が、急に売り上げを上げたことをよく思っていない女の子が、他にもいるのかと思うと、余計に胃が痛くなる。

ハンカチにしてもライターにしても私物のアクセサリーにしても、仕事道具なので頻繁に盗られるのは手痛いけど、消耗品だと割り切っているし、盗まれてからはなくなってもいいと思える安価なものを買うようにしているから、諦めはつく。けど、盗まれたり汚されたりする行為が継続的に起きると、ただでさえ不向きな水商売ですり減ったメンタルがさらに抉られる。抉られすぎてポキリと折れてしまいそうになるのを——歯を食いしばって耐えているところだ。

でも楽しいお酒の席でそんなことばかり考えてちゃいけない。いくら指名客が少なくても、お店で接客をしている限り私はプロなのだ。

重苦しくなる感情に蓋をするように、短く息を吐き出し、水滴を拭き取ったロックグラスを彼のコースターの上に戻した。

「なずなちゃんてさぁ、しっかりしてそうに見えて意外とドジっ子だよね〜」

そのとき、所狭しと銀色の竜がプリントされたシャツに身を包んでいる作田さんが、こちらを指差して笑った。

「それ、ハンカチ忘れたんでしょ。てかこないだはライター忘れてこっそり黒服に借りてたよね。だめじゃん、ちゃんと出勤前に確認しないと。ね〜、美雪ちゃん」

グラスをおしぼりで拭いていることに気付いたからだろう。となりの美雪ちゃんに同意を求めるように呼びかける。美雪ちゃんは、ちょっと困った顔をしてから微笑んでうなずく。

美雪ちゃんだけじゃない。信市くんや泰成くんの横にいるメイちゃんやまりあちゃんも、同じような表情を浮かべてから、曖昧に微笑んだ。

彼女たちも私と帰るタイミングが重なることが多いから、私が嫌がらせに遭っている
ることは把握していた。けれど、それをこの場で言うべきではないと心得ているから、知らないふりをしてくれるのがありがたい。

「……そうですね。私、結構そそっかしくて」

「そういう天然っぽいところが紘に刺さったのかな～」

務めて明るい声音を出して答えると、作田さんがわざわざ中條さんの横に移動してきて、彼の顔を覗き込む。それから、からかうように続けた。

「お前、キャバにいるタイプの女は苦手って言ってたじゃん。なのに、なずなちゃんにはハマってるみたいだから」

「うるさい。放っておけ」

「はいはい」

ハマってる、なんて聞いて微かに胸が躍ってしまうけれど——そうだった。作田さんは私と中條さんが顔見知りであることを知らないんだった。

こういう場所が苦手だからこそ、中條さんは顔見知りと世間話を楽しみたいだけなのだ。……傲慢にも勘違いしかけるところだった。

中條さんが煩わしそうなそぶりでシッシッと片手を振って彼を追い払うと、作田さんはにやけた顔のまま退散した。美雪ちゃんの横に座り直したのとほぼ同時、彼の胸ポケットから短いメロディが鳴り響く。着信のようだ。

作田さんは胸ポケットからスマホを取り出し、その場で電話に出た。

「――はーいもしもーし。そーっす。……今別件で『Rose Quartz』にいるんすよね。え？　……いやーそんな酔ってないですって、まだ飲み始めだから。で、どーかしました？」

ただでさえ大きい作田さんの声は、電話になるとさらに大きくなる。

彼にしては丁寧な口調だから、仕事関係者だろうか。兄貴分の先輩かとも一瞬考えたけれど、信市くんや泰成くんの態度を見る限り、そうであればもっとハキハキした受け答えになりそうだから、違うか。

……なんて、盗み聞きするつもりはないのだけど。内容がもれ聞こえてくるのだから仕方がない。

「え、マジっすか。それウザいっすねー。……あー、今から……まぁ、行けなくはないですけど……」

歯切れの悪い返事をしながら、作田さんがこちらを見る。中條さんの様子を窺っているみたいだ。つられて中條さんの顔を見てみると、彼は構わないと示すように一度うなずいた。

「あ、大丈夫なんで。今から行きますわ。……あー、はい、そういうことなら若衆ふたり連れていけるんで、はい……はい、じゃ、あとで」

彼はなんらかの約束を取り付けて通話を切った。それから、再びこちらを見やる。

「紘、悪いけど信市と泰成連れてちょっと出るわ」

「ああ。なにかあったのか？」

「甲陽ビルの地下に裏スロ屋あんじゃん？　あそこで客がゴネてるらしいんだよね。で、助けてくんないかって。店長とマブだからさ、いろいろよくしてもらってて」

「……わかった。くれぐれも無茶はするなよ」

小さくため息を吐く中條さんに、作田さんがあっけらかんと笑う。

「へーきへーき。オレこーゆーの得意なの知ってんだろ。ほら、信市、泰成、行くぞ」

「はいっ！」

作田さんの短い号令に、立ち上がった弟分ふたりの声がユニゾンした。

「えー光平くん行っちゃうの～？」

美雪ちゃんが残念そうに言い、作田さんの竜が躍るシャツの肩口にしな垂れかかった。彼はそんな彼女の身体を抱きとめる。

「ごめんねー美雪ちゃん。急に仕事になっちゃったんだわ。オレも寂しいけど、またメッセージ入れるからさ、許して」

ぽんぽん、と軽く彼女の背中を叩いてからそっと身体を離すと、信市くんと泰成くん、そして見送りをする三人のキャストを引き連れて扉の前で振り返る。

「じゃ、行ってきまーす。おふたりは引き続きごゆっくり〜」

作田さんは暢気な声でそう言いながら手を振って、VIPルームを出ていった。彼の言う通り、この空間に私と中條さんだけになってしまった。

「作田さんたち、今からお仕事ですか？　お客さんがどうのって……」

訊いていいものかどうか迷ったけれど、聞こえてしまったことだし触れないほうが不自然な気がした。思い切って訪ねてみると、中條さんはロックグラスを傾けながら
「はい」とうなずく。

「……いわゆる違法営業の店舗で負けた客が騒ぐことがあるんです。対応がマズいと警察に駆け込まれたりするので、光平を頼ってきた。ようは、仲裁役ですね。仲裁といっても、最終的には組の名前を出さず、背後にそういう筋の人たちがいるんだと思

わせて牽制するんですが」

「なるほど……そういうお仕事があるんですね」

弟分ふたりを連れていったのは、圧をかけてことをスムーズに運ぶため、といったところだろうか。

中條さんと『違法営業』という単語が不似合いで違和感を覚えるけれど、それでも私のために言葉を選んでくれたのが、話すときのわずかな間から伝わってきた。

そう見えないだけで彼もそちらの世界の人なのだから、よからぬ言葉が出てきてもおかしくはないのだ。

「そんなことより、なずなさん」

不意に真面目な顔をした中條さんが、身体ごとこちらに向いて切り出した。ただごとではないような雰囲気に、姿勢を正しながら私も彼のほうを向いて座り直す。

彼はじっと私の顔を覗き込みながら、静かにこう訊ねた。

「なにか……困ってることがあるんじゃないですか？」

「えっ？」

ヒヤリとする質問に思わず訊き返した。

「――こ、これといってはないですよ」

「本当に？」

「はい。本当に」

「…………」

しらばっくれてみたけれど、珍しく中條さんが引かない。彼は軽く眉根を顰め、探るようにじっと私を見つめている。

「では当てますけど。……理不尽に僻まれてるでしょう？」

「っ……」

想定外に踏み込んだ台詞に動揺し、言葉に詰まる。おそらく私のその様子で確信を得たのだと思う。彼がほんの一瞬目を瞠って、小さくため息を吐いた。

「やっぱりそうなんですね」

「……どうして、わかったんですか？」

できれば知られたくはなかったけれど、知られてしまった以上は認めるしかない。いたずらをして謝るときの子どものような気持ちで、俯いて訊ねる。

「最近のなずなさん、元気がなかったですし……それに、さっきの光平の話。実は私も気になっていたんです。なずなさんは普段から気が利くし準備などもきちんとされていそうだから、忘れものをしているんじゃなくて、盗られているのかな、と」

「……そんなことまでわかっちゃうんですね」

よく気が回る人だとは思っていたけれど、特別話題にしなくても気付いてくれていたのだ。彼の観察力の鋭さに脱帽する。すると彼は、なんのことはないとでも言いたげに緩く首を振った。

「私も不本意ながら事情あってキャバクラを回ったりするんですが……彼女たちに教えてもらうんです。夜の世界では、裏でそういうことがよく起きると」

そこまで言うと、彼が話し始めの真面目な顔に戻った。端整な顔立ちゆえに、真顔はどきっとするほどカッコいい。彼の黒目がちな大きな瞳から、目が離せなくなる。

「——もしかして、私のせいですか？」

そのきれいな顔が、申し訳なさそうな感情を伴い歪んだ。

「仕事でかかわる店に対して、ある程度のお金を落とすのはマナーなのだと思っていました。でもそのせいでなずなさんに迷惑をかけているのなら……本当に、申し訳ありません」

「そっ、そんなことないですっ！　顔を上げてください」

頭を下げる中條さんに、慌てて両手を振った。

「……そんなことないです。中條さんには、本当にこれ以上ないくらいお世話になっていて……逆に、ちゃんとお礼を言わなければいけないと思っていました。だから、謝ってもらう必要なんてまったくありません」

私の必死な呼びかけに、彼がやっと顔を上げてくれる。

嫌がらせを受けるのが中條さんのせいだなんて、そんなこと一度も思ったことがなかった。確かに、彼が指名してくれるから売り上げランキングが上がり、ほかのキャストの標的になったとも言えなくもないのだけど、だからといって彼を責めるのはおかしな話だ。感謝こそすれ、そんな恥知らずな思考は抱いていないと誓って言える。

私ってば、お店でたったひとりの味方である中條さんに謝らせるなんて——自分に対する憤りと情けなさが込み上げ、いたたまれない気持ちになる。と同時に、目尻にじわりと熱いものが滲むのを感じた。

「なずなさん?」

ハッと、中條さんの顔色が変わる。

「……ごめんなさい。私っ……」

——だめ、ちゃんとしなきゃ。お店なんだから、明るく転換できる話題を考えて!

泣いてはいけない、笑顔でいなければ——と思えば思うほど、繊維入りのマスカラで伸ばした下まつげの間をすり抜ける涙の滴が、濃いめに入れたチークの上を濡らしていく。

——どうしよう。止まらない。

私が無自覚だっただけで、コップになみなみと注がれた我慢という名の水は、こぼれる寸前だったのだ。ため込んでいた負の感情がふとした瞬間に飽和して——私の両方の瞳から流れ落ちていく。幾筋も涙の跡をつけて顎を伝い、膝の上に置いた両手の甲にぽたぽたと跳ねる。

「お客さまの前でこんなこと、言っちゃいけないってわかってるんですが……私、本当は、昼間の仕事一本で食べていきたいんです」

思うよりも先に、音になっていた。

お店に来てくれているゲストに対して礼を欠いた話であるのは承知で。それでも今、言わずにはいられなかった。箍が外れ、濁流のような衝動のままに、これまで誰にも打ち明けることのなかった本音を、嗚咽交じりに語り始める。

「ずっとキャバクラの仕事は肌に合わなくて……できることなら早く辞めたいと思っていました。毎日、飲みたいわけでもないお酒をたくさん飲んで、辛辣な言葉を吐かれたり、身体を触られたりしても、ずっと笑っていなければいけないのが……つらいんです。でも、辞められない理由があって……どうにもならなくて」

普段ならまず話すことのない個人的な思いを、どうして今話しているのだろう。

多分、相手が中條さんだからだろう。彼は、彼だけは私のことを気にかけて、優しい言葉をかけてくれる。昼間の私にも、夜の私にも、同じように温かく接してくれる彼になら、打ち明けてもいいような気がしたのだ。

彼は私がひとしきり泣くのを黙って見守っていた。そうして、少し落ち着きを取り戻したころ合いに、スーツのポケットからハンカチを出し、私に差し出してくれた。

「あ……ありがとう、ございます」

きれいにアイロンのかかった、ブラックがベースのハンカチを受け取る。メイクが落ちないように――おそらく半分くらいは取れてしまっているかもしれないけれど、目元や頬を押さえるようにして涙を拭き取る。

「いえ。……なずなさん」

最後に手の甲を拭っているとき、彼が優しく私の名前を呼ぶ。

「……今日は早く上がれたりしませんか？」

そんなことを彼に訊ねられたのは初めてだった。どういう意味かと問うように、まだ少しぼやける視界で彼を見つめる。

「よかったら、気晴らしにあなたを連れていきたいところがあるんです。もちろん、店外ですからお仕事じゃありませんので、断っていただいても大丈夫です。もし、気が向くようなら」

「…………」

瞬間的に、店を出て彼とふたりきりになる、ということのリスクが頭に浮かんだ。

中條さんがすごくいい人であるのはわかっている。でも、極道の人であるのを忘れてはいけない。そう何度も自分を戒めてきたはずだ。

だけど――

「あの、じゃあ……連れていってもらっても、いいでしょうか？」

――あまり悩むこともなく、私は、中條さんと一緒にいることを選んだ。論理的な理由はなにもないけれど、それが私にとって正しい選択であるような気がして。

「もちろんです。では、私は一旦出ますね。お店の前の通りで待ってますので、支度をしてきていただけますか？」

「はい、承知しました」

体調が優れないわけでもないのに、早退するのは初めてだ。その分お給料が減ってしまうけれど、ちっとも悪い気はしていなかった。

チェックのあと、エントランスで彼を見送ると、私は店長に早退を告げて急いで着替えを始めたのだった。

「お……お待たせしました」

店の前の大通りに出ると、約束通り中條さんの姿が見えた。彼はスマホに落としていた視線を上げて、軽く会釈してくれる。

「タクシーを呼んであるので、乗ってください」

「は、はいっ」

見ると、そばにタクシーが停まっていた。彼に促されるまま、後部座席に私が先に乗り、そのとなりに中條さんが座る。行き先はすでに告げているらしく、扉を閉めると運転手さんが「出しますね」と短く告げ、そのまま走り出した。

「かわいい服ですね」

ネオンの明るい光のなかをタクシーが通り抜けていく途中、中條さんが言った。

「そうですか？　……あまり色気のない服ですみません」

——こんなことになると知っていたら、もっとふさわしい服を着てきたのに。

白いブラウスに、緩めのラインのデニムのサロペット。それにローヒールのサンダルを合わせ、手元にはキャンバス地のトートバッグ。夜会巻きのヘアとは、なんともアンバランスだ。

褒められると逆に申し訳なくなる装いに、謝罪の言葉が口をついた。麗しいスーツ姿の中條さんのとなりにいるべきなのは、清楚でいてトレンド感のあるワンピース人に高めのヒールを履いた女性だ。少なくとも、こんな子どもっぽい格好の私ではない。

「ドレス姿ももちろんきれいでしたけど……こちらのほうが、昼間のお店で見る元気なイメージに合っている気がします。素敵ですよ」

「あ……ありがとうございます」

果たしてそうなのだろうかと疑問に思いつつ、ご本人が言うのなら、そうなのだろう。私はひとまずお礼を言っておくことにした。

「昼間のお店では制服を着てらっしゃるので、私服は新鮮です」

「あ、はい……あのユニフォームもシンプルで、あんまり女性らしくないですよね」

「でも私は好きですよ。あまりゴテゴテと飾り立てているよりは、すっきりしていていいじゃないですか」

「そう言ってもらえると救われます」

本音なのか、気を使ってくれたのかはわからないけれど、好意的な意見をもらえてホッとした。

「中條さんはいつもスーツですよね」

となりの中條さんの服装に視線を注いだ。彼は今日もスリーピースのスーツ姿。色はグレーで、ネクタイは夏らしい淡いブルー。暑さを感じさせない爽やかな印象だ。

「ええ。仕事のときは必ず」

「普段から似合うなと思ってました。中條さんのほうこそ素敵です。……なんて、言われ慣れていると思いますが」

褒めちぎってから、私は取り繕うように笑った。

こなれたスーツ姿を含め、彼が魅力的な男性であるのは一目瞭然だ。逆に、そう思わない人のほうが特殊なのではないだろうか。

「ありがとうございます。いえ、そんなことないですよ」

謙遜するところがまた素晴らしい。たとえ裏社会の人でも、外見だけではなく中身も素敵な中條さんを恋い慕う女性は多いのだろう。話に出ないだけで、すでに決まった人だっているのかもしれないし……。

――あれ。なんだろう。当然のことを思ったまでなのに、胸がずきんと痛む。

「あ、そろそろ着きますよ。……そこで停めてください」

運転手さんが指示通りに車を止めると、中條さんが手早く支払いを済ませてくれる。

タクシーを降りた先は、意外な場所だった。

「ここは……」

まるで、そこだけが周囲から切り離されたかのような厳かな空間。けれど今日は少し様子が違っている。目に入ったのは、門のようにそびえる大鳥居から延びる参道の両側に所狭しと並ぶ屋台や、楽しそうに談笑する人々の姿だ。カップル、学生たち、子ども連れが多く、浴衣や甚平でドレスアップしている人たちも目立つ。

「来たことあります？　この神社、毎年七月の今日に縁日をしてるんですって」

「……あ、はい……前にいたお店に行くまでの通り道だったので」

この神社のある通りは『Rosa Rossa』から『Gold Cherry』の中間地点にあるので、立ち寄ったことはないけれど、よくその前を通っていた。

「そうですか。……こういうの、ノスタルジックな感じがしていいですよね。よかったら、寄ってみませんか？」

「…………」

すぐに「はい」と答えることはできなかった。封印して、記憶の彼方に消し去りたいできごとが頭を過ったからだ。

「ね、行ってみましょう」

「あっ……」

中條さんは満面の笑みでそう言い、軽やかな足取りで歩き出した。置いていかれないように、慌ててあとを追う。と、「あ」と言った中條さんが大鳥居を見上げた。

「ここで一礼しなきゃいけないんでしたっけ。神聖な場所に入るから、とかで」

「……はい、そうですね」

――ヤクザの人でもそういう作法を気にするんだ。

なんてことを考えてしまったから、私の返事は少し笑いを含んだものになった。

私と彼は揃って一礼して、人の流れに乗るように長い参道を歩き出す。

「この時間ですけど、小さい子ども連れも結構いますね」

スマホで時間を確認してみると、二十時過ぎ。早く帰らないと明日の学校に差し支えるだろうに、今夜だけは特別なのかもしれない。

左右を見渡し、裸電球の明かりに照らされた暖簾に書かれた字を追う。焼きそば、たこ焼き、かき氷、チョコバナナ、クレープ、ソースせんべい、じゃがバター、金魚すくい、くじ引き、射的――などなど、把握しきれないくらいたくさんの出店がある。

歩くたびにあちこちから、はしゃいだ声や笑い声が幾重にも重なって聞こえてくる。

家族や親しい人たちと、年に一度の非日常を楽しむ声。……いいなあ、微笑ましいなあと感じ、自然と頬が緩んだ。

「こういうの、ワクワクしてきませんか?」

中條さんも私と同じように、どんな屋台があるのかをチェックしているようだ。

「そうですね。この雰囲気、大好きです」

入る前は少し躊躇してしまったけれど、この賑やかで弾んだ空気に抱き込まれ、だんだん楽しくなってきた。

「そうこなくちゃ」

いつになくうれしそうに言う中條さん。彼がはしゃいでいるのは新鮮だ。……ちょっと、かわいい。

「昔から、お祭りや縁日に来たら必ず食べると決めているものがあるんですが、行ってみてもいいですか?」

「はい。もちろん」

うなずくと、彼は「こっちです」と今来た道を戻り始める。

立ち止まったのはクレープの屋台の前だ。他のお客さんの姿はない。

「すみません、キャラメルチョコ生クリームください。生クリーム大盛りで」

中條さんが嬉々とした様子で小銭を差し出しながら、暖簾の向こう側にいる店主らしき若い女性にオーダーする。

「はい、かしこまりましたっ」

店主の女性の顔が綻んだのがわかった。多分、イケメンの中條さんが『生クリーム大盛り』なんて言葉を発したからだろう。気持ちはわかる。

「中條さんのお気に入りメニューはクレープですか?」

「はい。こういうところの屋台はトッピングが少ない代わりに、生クリームを多くしてくれたりするんです。それが好きで」

私たちが会話をしているわずかな時間で、生クリーム盛り盛りのクレープが完成し、中條さんに差し出される。

「お待たせしました、キャラメルチョコ生クリーム、生クリーム大盛りです!」

「ありがとうございます」

彼はクレープを受け取ると、店主の女性に丁寧に頭を下げた。

「すごい、生クリームの花束みたいになってますね……」

私は中條さんの手のなかにある真っ白な束に視線を落としてつぶやく。

溢れんばかりに盛られた生クリームの上に、甘い香りのキャラメルソースとチョコソースのトッピング。特筆すべきはやはり生クリームの量だ。持つ手に少しでも力を込めたら、クレープ生地の縁から生クリームがこぼれてきてしまいそうなほど。

「それいい表現ですね。まさに、クレープは生クリームを食べるためのものですよ。学生時代、友人に、『もっと縁日でしか食べられないものを選べ』とさんざん言われましたが、私はこういう単純なのがいいんです」

食べたかったものを手にして満足げな彼が、昔を懐かしむようにして言った。

「中條さん、確かに生クリームが大好物っておっしゃってましたよね。本当に甘いものが好きなんですね」

「はい。糖分をとると瞬間的に幸せになれますからね。虜です」

「わかります。疲れてるときにはてきめんに効きますしね」

私も趣味で製菓をするくらいには甘いものが好きだから、彼の言っていることはよくわかる。仕事で疲れ切った帰り道に、コンビニで買ったシュークリームを家で食べるときの幸福感といったら、なにものにも代えがたい。

「で、なずなさんはなにを召し上がりますか？　せっかくなので、ぜひなにか食べましょう」

「そうですね……」

周囲の暖簾を見渡しながら考える。私が食べたいもの――

「……あんず飴」

心のどこかで、いっそなければいいのにとも思ったけれど、やはり定番の屋台であるのか、その文字をすぐに見つけてしまった。少し奥にある暖簾を指し示して続ける。

「――あんず飴、食べてもいいですか？」

「はい。行きましょう」

快くうなずく彼と、あんず飴の屋台のほうへと向かう。

屋台の前には、水飴をまとったあんずやすもも、みかん、ひめリンゴなどが、割りばしに刺さった状態で、氷でできた大きな皿のようなものの上に並べられている。

「どれにします？」

「えっと……あんずにしようかと」

どれも目移りしてしまうけれど、使命感のようなものを捨てきれずに、あんずを選ぶことにする。

「では、これちょっとお願いします――すみません、あんず飴ひとつください」

彼は私に一度クレープを預けると、屋台の店主に小銭を手渡しながら言った。

「あっ、私が――」

ここは店外なのだから、彼に払ってもらうのは悪いような気がする。

バッグから財布を出したいけれど、クレープで片手が塞がっていてスムーズに出すことができない。そんな焦る私を見て、中條さんは小さく笑いながら首を横に振った。

「付き合ってもらっているのは私なので。これくらいは全然気にしないでください」

「す、すみません……」

……確かに、毎晩のように高いドリンク代を支払ってくれる彼に、三百円のあんず飴を遠慮するというのも失礼な話なのかもしれない。

「どうぞ、なずなさん」

「ありがとうございます」

モナカの上に乗ったあんず飴が店主から手渡されると、それとクレープとを交換する。私は丁寧にお礼を言って受け取った。

「どこかに座りましょう——ああ、あっち側にしましょうか」

あっち、と示したのは、敷地の東側にある石段の坂道だ。すでにそこに座り、屋台で買った食べものを食べている人たちの姿が何組か見える。

中條さんとともに石段を下り、空いたスペースに移動する。石段の中腹くらいにちょうどいい場所を見つけ、そこに座ることにすると、彼が私の座る場所を片手で軽く払ってくれた。

「すみません、ありがとうございます」

今さらながら、彼に女性扱いしてもらっているのだと自覚して、照れてしまっているのは内緒だ。お礼を言って、その場に座ると、彼も私のとなりに腰を下ろした。

「いえ。こんなところに座るの、久しぶりですよね」

「はい。でも、それも楽しいです」

子どものころは服が汚れることなんて厭わずに、外の階段や砂埃の遊具の上によく座っていたけれど、大人になるとそんな機会も自然となくなっていたのだな、と思う。その懐かしさが心地いい。

「ならよかった。じゃ、さっそくいただきましょうか」

クレープとあんず飴。私たちはそれぞれが選んだものを食べることにする。

あんず飴に口をつけるふりをして、横目でクレープを頬張る中條さんの顔を盗み見た。優しげな瞳が満足そうに細められ、彼が今幸福の絶頂にいることがよくわかる。

その幸せそうな顔につられて、私もモナカから引き剝がしたあんず飴をひと舐めする。じんわりとした甘さと冷たさが、口のなかに広がる。

「……おいしい。甘くて、冷たくて。こんな味だったんですね」

「食べたことなかったんですか？」

私がもらした感想を聞きつけた中條さんが、不思議そうに訊ねる。

「はい。今日が初めてです」

「あまり縁日とか、来たことないんですか？」

「……そうですね。今まで、誘われても断ってしまっていたので」

破れたモナカは食べてしまうことにする。飲み込んだあと、私が答えた。

中学生のころ、仲がよかった友達グループにどうしてもと誘われたこともあったけれど、気が向かなくて遠慮したことを思い出す。行ってしまえば今みたいに楽しめたのかもしれないけれど。

「へえ、どうしてです？　お家の門限が厳しかったとか？」

「……ショックなことを思い出すから、ですかね」

「ショックなこと？」

「…………」

あんず飴についた割りばしを握る手に、無意識に力がこもる。

吐き出したい気持ちと、そうするべきではないという気持ちがせめぎ合っていた。

今までずっと誰にも言えずに抱え込んでいた消化しきれない感情を、こんな風に私を構ってくれる中條さんになら聞いてもらいたい。その反面、理解や共感をしてもらえないのではないかという恐れもある。

参道のほうで、若い男性のおかしそうな笑い声が聞こえてきた。それに被さる違う男女の沸き立つ声。それなりに離れた場所でもすんなりと耳に入ってくる突き抜けて明るい音は、この瞬間を仲間とフルに楽しんでいるのが伝わってくる。

「……小学二年生の夏」

葛藤の末、私は記憶を辿ってぽつりと話し始める。

「家の近所の公園で縁日をしていたんです。そこを私と母が通りかかった。暖色の裸電球に照らされた屋台のひとつひとつに、キラキラと輝くものを感じました」

物心ついたころから両親は不仲で、家族で出かけた記憶がない。母とふたりになってからも、土日は母のリフレッシュのため母方の祖母の家に預けられていたから、母と出かける機会すらほとんどなかった。

だからたまたま通りかかった初めて見る縁日に、心が浮き立ってしまったのだ。

俯いて、割りばしの先に視線を滑らせる。つるんとした質感のあんず飴を見つめながら続けた。

「なかでも、あんず飴に興味をそそられました。果物をガラスでコーティングしたような面白さとかわいらしさがあって、どうしてもほしくなった。だから、母にお願いしてみたんです。『あんず飴が食べたいから、寄り道しようよ』って……そうしたら」

あのときの光景は、繰り返し夢中になって観た映画のように、詳細に思い出すことができる。条件反射とばかりに、頭のなかのスクリーンに流れる映像を振り払いながら言った。

「それはもう、眉を吊り上げて、烈火のごとく叱られました。『ママもう仕事やあんたの世話でくたくたなの、見ればわかるでしょ！　少しは考えて！』って。……父と離婚して、仕事をしながら女手ひとつで私を育ててくれていたので、きっといっぱいいっぱいだったんだと思います。でも、そのときの私はすごく、母から突き放されたような気持ちになりました」

修羅のような母の顔が蘇る。あのときの衝撃が再び襲ってくるような気がして、思わず目をつぶった。

「普段から会話は少なく、私の面倒を見ることに煩わしさを抱いているのではと感じていましたが、そのできごとで確信してしまった、というか。母からしてみたら、大した言葉ではなかったのかもしれません。実際言葉だけ切り取れば、この程度のやり取りは珍しくなさそうですし。……自分でも、なんであそこまで傷ついたのかわからないです」

あのときの絶望感は、きっと誰に話したとしても伝わらないのだろう。それでもなにかに例えるなら、気を抜いていたときに、顔面に強烈な張り手を食らわされる衝撃。その後、ヒリヒリした痛みに苛まれるような。

「それ以降母に対して『甘えてはいけない』と思うようになりました。子どもながらに、私の生活は母によって支えられていると理解していたからなのでしょう。だから自分自身に誓ったんです。母に捨てられないよう、甘ったれずに自分の力で考えて行動するようにするって」

絶望のあと、私の心を巣食うように居座ったのは、『少しは考えて！』という言葉。

――母の機嫌を損ねないように、捨てられないように。自分がどう振る舞うべきか、どんな言葉を発するべきなのか、常に考えないと。

石段の上のほうに座っているのはカップルばかりだ。背後から聞こえる彼らのじゃれ合う声をどこか遠くに感じながら、さらに続けた。

「母は仕事のあと急いで夕飯を作り、私が布団に入るのを見届けると、朝方まで家を空けているみたいでした。恋人に会いにいっていたんだと思います。逢瀬の時間を多く確保したいからか、夕方から夜にかけての母はたいていイライラしていました」

行き先は明言していなかったけれど、母は家のなかでも常に着飾っていた。それがすぐに家を出るためだったのなら合点がいく。

「だから私なりに考えて、よく言うことを聞き、母の手を煩わせないように会話も控えました。本当は学校でのできごとや友達のことを話したかったのですが……母がそれを求めていないことはわかっていたので」

日々の仕事がそうであるように、母にとっては育児も『義務』だったのだ。自由になれるのは、私を寝かしつけ『義務』を終えたあと、恋人と過ごす甘い時間。

私の存在は、母の幸せを形成する要素にはなり得ない。それに気付いてからは、ひたすら母の邪魔をしないことだけに専念していたのだ。

ほんの少し心配になって、中條さんの様子を窺ってみる。彼は真剣な面持ちで話を聞いてくれている。

一度話し出したら、もう止まらなかった。まるで自分じゃない誰かがそうしている感覚で、いっそすべて忘れたいとさえ思っている過去を詳らかにしていく。

「思えばずっと我慢の連続でした。母親に新しい彼氏ができたときも、その彼氏が何度か変わったときも……突然母親が消えて、霊感商法にのめり込んだ挙句借金を抱えていたと知ったときも。どうするのがベストなのか、自分の頭で一生懸命考えました」

惨めだ、と思った。母の選択はいつもひとりよがりで、娘の私を尊重してくれたことなどなかった。それに慣れてからは、もうなにも感じなくなったし、今は怒りや悲しみなどもとうに通り過ぎ、母がどこにいるのか、元気でいるのかどうかさえ興味がなくなってしまった。

けれどそれは私が自立したからであって、幼かったころの私は母に捨てられたらひとりぼっちになってしまう。それだけはどうしても避けたかったのだ。

できれば他人に知られずにいたかった母の借金の話。幼少期の色濃いわだかまりを吐露するとともに、自ずと吐き出してしまっているのが不思議だった。

「キャバクラで働いているのは、その借金が原因ですか？」

ひと口だけかじったクレープを手に持ったまま、となりでじっと話に耳を傾けていた中條さんが静かに訊ねた。私がうなずく。

「誰かを頼ったりはできなかったんですか？　親戚の方とか」

「小学生までは母方の祖母と交流がありましたが、私が中学に上がるタイミングで亡くなってしまって。父や父方の親戚とは絶縁状態ですし、母方の他の親戚とも没交渉だと聞いていました。……が、実のところ、母が借金をしていたのは母のきょうだいだったわけなんです。同情を引くように、私の教育費だとうそをついて。だから申し訳なくて、必ず自力で返そうと決めたんです」

身内のこんな情けない話、中條さんだからこそ聞かせたくはなかったけれど、ここまで話してしまって急ブレーキをかけるわけにもいかなかった。

中條さんが細く長いため息を吐く。呆れられてしまったかと、心臓がきゅっとなる。

「……つらかったですね」

少しの間のあと、中條さんが静かに言った。顔を上げ、恐る恐る彼のほうを向く。

「頑張ったんですね。ずっと、ひとりで」

ほんの少しだけ微笑んだその目が優しくて、でもちょっと寂しそうで――暗がりのなか、黒曜石のように光る彼の美しい瞳。吸い込まれてしまいそうになり、私の胸は、否応なしにドキドキと音を立てる。

私は自分の頬が熱くなるのを感じながら、恥ずかしさで下を向いた。

「……きゅ、急にこんな話して、すみません。みんな大なり小なり、いろんな事情を抱えているでしょうから、私だけが特別なわけじゃないってわかってます。私が引っかかっている母の言葉だって、聞く人によってはなにも感じないでしょうし」

感情の高ぶりにまかせていろいろと話しすぎてしまったから、彼も迷惑に思ったかもしれない。

「いえ、謝らないでください。私はなずなさんのことを知れてよかったですよ」

私の心配をよそに、中條さんはいつもの穏やかなトーンでそう返してくれる。

「他の人がどう感じようと、幼いなずなさんが傷ついたのは事実なわけでしょう。そうなるに至る状況や環境によって、受け手の深刻さも変わりますし。自分がつらかったことを否定しないでください」

「……中條さんはどうしてそんなに優しいんですか?」

心のずっと奥底で渇望していた言葉を、温かみのある口調で投げてくれるのが心地いい。私はもう一度顔を上げて訊いた。

「しつこくお伝えしているのでご存じだとは思いますが……私はなずなさん――いえ、芹香さんの作るティラミスにいつも癒されてるんです」

本名で呼び直されると、妙にくすぐったい感じがした。昼間、『Rosa Rossa』では呼ばれ慣れているはずなのに。最近は、かりそめの名前で呼ばれる機会のほうが多いからだろうか。

「なにかお返しできればと思っていたところに、偶然『Rose Quartz』であなたを見つけた。少しでもあなたの助けになるなら、と指名させてもらっていましたが……そういう事情があるのなら、あなたが早くお店を辞められるように、これからも指名させてもらっても構いませんか?」

中條さんの顔に、春の暖かい日差しのような微笑みが浮かんでいた。

控えめで慎重な物言いは、夜のお店で私と過ごす動機が好奇や哀れみなどではなく、混じりけのない善意であることを示している。

「ありがとうございます。……中條さんの優しい気持ちが、なによりうれしいです」

これまでの人生で、こんなに私に深くかかわってくれようとする男性はいなかった。いや、優しいふりをして声をかけてくる男性はいたけれど、彼らには必ず下心が透けて見える。例えば滑川さんみたいに、猥雑な見返りを求めてくる人ばかりだ。

でも中條さんは違う。今だって店外でふたりきりなのに、私に指一本も触れてはこない。

——こういう人もいるんだ。彼みたいなお客さまに出会えたことを、改めて幸運だと思う。

「食べましょう。あんず飴、溶けてきちゃいます」

「はい!」

手元を見ると、外気で温まった水飴が変形している。私は水飴をかじるように舐めとった。さっきよりも、甘さを明確に感じるのは水飴が温まって柔らかくなったから、というだけではなさそうだ。

「中條さん、生クリームに溺れそうですね」

彼の手の中のクレープも、生クリームがかなり緩くなっている。唇に押し寄せる生クリームの勢いに、思わず指摘した。

「幸せですが、ちょっと困ってしまう状況でもありますね」

扱いに慣れているのか、クレープを器用に回したり傾けたりしながら食べ進めている中條さん。でも、唇の端が少し白くなっている。

片手で自分のバッグのなかを探り、ポケットティッシュを取り出した。膝の上に載せ、一枚引き出して彼に差し出す。

「よかったらどうぞ。使ってください」

「ありがとうございます。助かります」

「組の人たちの前でも、こういう甘いもの食べたりします？」

「光平は長い付き合いなので気にしませんが、信市や泰成だとこういう露骨なチョイスはしないかもしれないですね。一応、弟分たちの前では威厳が必要なので」

ティッシュで口元を拭きながら、中條さんが両眉をハの字にする。確かに。お店でウイスキーを飲むときにつまむチョコレートとはわけが違う。私はおかしくて笑った。

「じゃあ私は貴重な瞬間を拝見してるわけですね」

「一応、内緒にしておいてくださいね」

空いたほうの手の人差し指を立て、唇に当てた中條さんは、いつの間にかクレープを半分ほど平らげていた。

「――生クリーム、おいしいですけど、やっぱり私のなかのいちばんは芹香さんのティラミスですね。あれに敵うものはありません」

「そんな、恐れ多いです」

「闇雲に褒めてるわけじゃないですよ。甘いもの好きの性で、商店街のベーカリーから都心の有名なパティスリーまで、結構いろんなお店のスイーツを食べ比べているんです。そのなかでも、あのティラミスはピカイチです。ホールのお仕事をしているあなたも素敵ですが、製菓の仕事に興味はないんですか?」

「……実は、自分のお店を出す、っていう憧れがあります。カフェなのか、洋菓子店なのかとか、細かい部分はまだ漠然としていて――ほら、先に借金を返し終えてからじゃないと、見通しが立たないじゃないですか。だからそのぼんやりした夢を支えにして頑張ってるところですね」

夢というにはあまりにおぼろげな淡い目標。やるべきことをやったあと、叶ったら素敵だな、と思うけれど、簡単にいかないことくらい、わかっている。

それでも中條さんに打ち明けたのは、彼の質問に対して素直に答えたかったからだ。

彼は、軽く目を瞠ってから弾けるような笑みを見せた。

「いいじゃないですか。夢を持つのは素敵なことです。芹香さんが作るティラミスが食べられるなら、毎日でも通ってしまいそうです」

「本当ですか？　常連さんになってくれるってことですよね」

「はい。そのときが来たら、応援させてくださいね」

「……よろしくお願いします」

たとえリップサービスであってもうれしかった。中條さんが期待してくれると思うだけで、モチベーションが上がる。

「あの、そう言う中條さんは、なにか夢とかあったりするんですか？」

「私ですか？」

中條さんが自分を指差して訊ねる。少し考えたあと、彼は微かに笑って俯いた。

「……昔はいろいろありましたけど、今は特にないですね」

やや瞳を細めたその表情が、妙に寂しそうで気にかかった。でも次の瞬間、顔を上げ、いつもの優しい笑みをこぼす。

「――しいて言えば、芹香さんが抱いている悩みが消えて、心から幸せだと思える日々を取り戻すこと、でしょうか」

「中條さん……」

甘い響きを伴った台詞に、心臓を鷲掴みにされる。

――これはリップサービス。わかっていても、ときめいてしまうのは仕方がない。

「カッコつけすぎましたかね。でも、本当にそう思っていますよ」

心拍数が急激に上昇したせいで、余裕なく黙りこくってしまっていた。すると、彼がわざと明るい調子で言いながら苦笑する。

「……ありがとう、ございます」

私は照れながらもお礼を言った。……私が幸せになることが彼の夢だなんて、そんなこと言われたら勘違いしてしまうのに。

「いえ」と返事をしたあと、生クリームたっぷりのクレープを満足そうに頬張る中條さんを見つめ、自分の気持ちが急速に彼に傾いていくのを感じた。

――だめ。この人は私とは相容れない世界を生きている人なのだから、惹かれてはいけない。手遅れにならないうちに、かかわりを断つべきだ。

いつか生活に余裕ができたら、幸せな恋愛と結婚をしてみたい。

でも、中條さんが相手ではきっと叶わない。極道のことはよくわからないけれど、その世界の人と濃い関係を築くことが危険であるのは理解している。

恋をしてはいけない。彼はただ、気まぐれに世話を焼いてくれているだけ。

そう思わなければ、このまま彼の優しく穏やかな眼差しをどこまでも追いかけてしまいそうだった。

# 4

「中條さん、ご来店ありがとうございます」

翌週末。中條さん御一行をＶＩＰルームに迎え入れた。

「いえ。……あ、昼間は、席を作ってくれてありがとうございます」

いつも彼が座るソファに案内し、定番であるウイスキーのロックを作っていると、中條さんが声を潜めてお礼を言った。私も努めて小さな声で口を開く。

「とんでもない。赤井さんも、柔らかい物腰の中條さんのこと、すごく気に入ってるみたいなんです。大切な常連さんにはサービスしたくなるものですよ」

「それは光栄ですね。これからも張り切って通わせていただかないと」

いたずらっ子のように中條さんが笑ったので、私もつられるように笑った。

つい数時間前のこと、ランチタイムに中條さんが『Rosa Rossa』に来店してくれたタイミングは、残念ながら満席だったのだ。

そこで赤井さんとアイコンタクトを取り、厨房のなかにあった赤井さんの休憩用の椅子と折り畳みテーブルを、テーブル席の並びにセットした。そうして出来上がった急造の客席に彼を案内したわけだ。

夜のお店でも中條さんに会っているせいか、最近は昼間の会話もかなり弾むようになった。だから当然、赤井さんも察したようで。

『中條さんとの恋愛なら応援するから！』

なんて言われるようになった。……赤井さんってば。こっちはそうならないように努力しているところなのに。

一週間前の縁日の夜、お互いが選んだものを食べ終え談笑したあと、彼はタクシーで私を自宅の近くまで送ってくれて、そこで別れた。

最初から最後まで、善意のかたまりだった彼。縁日での母とのつらい思い出を、心が浮き立つ楽しい思い出に変えてくれたことに、感謝が絶えない。

それから、これまで以上に中條紘という人が気になって仕方がなくなってしまった。かかわるべきじゃないのはわかってる。でも、それでも彼をもっと知りたい。普段どんな生活をしていて、どんなお仕事をしていて、なんのために『Rose Quartz』にやってくるのか。

彼らが頻繁に店を訪れるようになって一ヶ月と少し。ヤクザの人たちの言う『地回り』と称するパトロールにしては、過剰である気がする。

ということは、もっと別な理由があるはずなのだけど――

「真面目な顔して、どうしたんです」

「あ、いえ」

中條さんが前かがみになり、私に耳打ちして訊ねたので、片手を振るようなジェスチャーを交えて答える。意思疎通が困難な理由は、今日は作田さんがカラオケの気分らしく、VIPルームに設置されているカラオケ機器を独占し、大音量で音楽を流しているからだ。

作田さん自身は歌わず、信市くんと泰成くんとに最新のヒットチャートを片っ端から歌わせ始めた。たとえ知らない曲だったとしても、強引に。

……こんな無茶な要求にも応えなきゃいけないなんて、弟分も大変だなぁ、と他人事ながら思ったりした。

「またなにか困ったことでもありましたか？」

「あ、それが……最近、私に対する嫌がらせがぴたりと止んだんです」

「へえ、そうなんですか。よかったじゃないですか」

「はい……でもその理由がわからなくて」

交互に耳打ちをしていると、彼がまとっているユニセックスで爽やかな香りが鼻腔をくすぐり、ドキドキする。その高揚感が彼に伝わらないよう、口元を引き締める。

エリカちゃんが主犯と思われる一連の嫌がらせが、先週のなかごろから止んだ。この一週間に一度たりとも私物は盗まれていないし、ロッカーのなかも無事だ。

「嫌がらせをするのは、私が気にくわないからでしょう。相変わらず中條さんたちもお店に通ってくれてますし、原因がなくなったわけじゃないのに不思議だな、と」

最初は見かねた店長がエリカちゃんを諭してくれたのかもと考えたけど、店長は典型的なことなかれ主義だから、わざわざ問題のあるキャストに事情を聞いたりはしないだろう。おそらく傍観しているはずだ。

「指摘されて反省したか、興味が他に逸れたか、単純に飽きたかじゃないでしょうかね。いずれにしてもよかったじゃないですか。悩みの種が減って」

「そうですね……確かに」

釈然としないけれど、中條さんの言う通り、嫌がらせが消えた理由なんてこの際どうでもいいのかもしれない。これからは、あんな惨めな思いをしなくて済むんだ。

「あの、中條さん――」

「はい？」

「……いえ、なんでもないです」

『このお店にはいつまで通うんですか』と問おうとして、やめた。彼のほうから内容について一度も話題にしないということは、私には言えないことなのだろう。それを無理やり聞き出す権利も、勇気もなかった。

あとに残った気まずさは、信市くんが歌う軽快なロックがかき消してくれた。

「いらっしゃいませ～……あっ」

翌日。ランチタイムも終盤を迎えたころ『Rosa Rossa』に意外なお客さまが現れた。

「なずなちゃんじゃん！　え、なに、ここで働いてんの？」

「ちょっ、作田さん！」

店の扉を開けた瞬間、ここで見かけるはずのない人物の姿に思考が停止した。

扉近くのテーブル席に座っていた女性のふたり連れが、ぎょっとした顔で作田さんを見たのがわかる。それもそのはず。黒地に白い鶴がいちめんにプリントされた光沢のあるワイシャツを着た、いかにもやんちゃそうな柄の悪い男が現れたのだから。

私は慌てて彼を扉の外に連れ出した。そして自身の唇に人差し指を当て、口を開く。

「夜のお店で働いてることはオープンにしてないんです。私の名前とかそっちのお店でのお話は、ここでは控えてくださると助かります」

こちらの面々にバレるのだけはどうしても避けたい。ゆえに、私の顔はかなり必死だったろう。作田さんは合点がいったとばかりに大きくうなずいた。

「あぁー、そうとは知らず悪りぃ、悪りぃ」

「いえ。それより、ランチですか？　あいにくこの時間ではもうランチのオーダーはストップしてて」

「あー、別にメシ食いに来たわけじゃねーんだわ。なかに紘、いるんだろ？」

「はい。カウンターに――」

私が答えるよりも先に、作田さんが扉の先を覗いて店内を見回す。そして、テーブル席の向こう側のカウンターに中條さんの背中を見つけると、一直線に彼のもとへと歩いていく。私も彼を追いかけるように店内に入った。

「ひーろむくん」

作田さんが歌うように彼の名前を呼び、肩にぽんと手を載せる。振り返った中條さんがぎょっとした顔をする。

「光平、なんでここに？」

「会社の連中に聞いたんだよ。お前がずっと贔屓にしてる店があるからそこだろうって。……いやーでもまさかそういう理由だとは思わなかったなー」

彼はにやにやしながら背後にいる私と中條さんの顔を見比べながら続けた。

「なず――じゃなかった、あの子がいるからだろ？　なに、ここで働いてるって教えてもらったわけ？　お前、マジなんだー？」

中條さんが私を一瞥する。そしてすぐに、作田さんのほうに向き直った。

「妙な妄想はよせ。この店に食べにくるようになってもう一年半は経つ。偶然そうだったというだけの話だよ」

「偶然、ねぇ……ふーん。まぁいいけどさぁ」

私が釘を刺したせいなのか、作田さんにしてはかなり控えめな声で中條さんを茶化している。

……中條さんの返答に、妄想かぁ――とほんのり傷つく。

彼はモテるだろうから、私みたいな底辺のキャバ嬢に入れ込む理由なんてないのは

わかっているけれど、縁日でのできごとがあったから分不相応に期待してしまってい
た。……いけない、いけない。うぬぼれないようにしないと。

「それより、なにかあったのか？　わざわざ追いかけてくるのは急用だからだろう」

「そう、それが本題。実はさ――」

作田さんは周囲を見回してから、中條さんに耳打ちをする。と、中條さんが血相を
変えて立ち上がる。

「わかった、すぐに行く――と言いたいところだけど」

今にでも会計をして出ていきそうだった中條さんが、カウンターの上のものに視線
を落として一瞬動きを止める。

「光平、お前食事まだだろう。これもったいないから代わりに食べてから帰れ」

「え？　なんだそれ」

「すごくおいしいから味わって食べること。いいな」

それだけ言い残すと、中條さんがレジ前にやってきた。私もレジ前に移動する。

「トラブルですか？」

「そんなところです。食べたかったんですけど……ティラミスは光平に託します」

彼は残念そうに笑うと、「では」と会釈をして店を出ていった。

「これは……なんだ？」

作田さんのもとへ行くと、彼はデザートプレートにのったティラミスを見下ろして首を傾げている。

「ティラミスです。作田さんって甘いもの好きでしたっけ？」

「嫌いじゃないけどあんまり食べないな。酒のアテには塩からいもののほうがいいし」

こちらを振り返るようにして作田さんが言った。言われてみればこの一ヶ月強、彼が甘いものを食べている姿は見たことがないかもしれない。

「よかったら食べてみてください。中條さんにはご好評いただいてます」

「アイツ甘いもん好きだからなー。じゃ、いただきまーす」

プレートに添えられたスプーンを手に取った作田さんは、さっそくココアがまぶされたチーズクリームをひと掬いして口に放り込む。

「──あ、うまいかも。思ったよりも甘くないけど、逆にそれがいいっていうか」

「気に入ってもらえてよかったです。実はこれ、私が作ったんですよ」

「え、マジ？　やるじゃん。こういうの得意なんだー」

「作ってるのは、デザートだけですけどね」

「芹香ちゃん、芹香ちゃん」

褒めてもらえたことに気をよくしていると、厨房のなかから赤井さんに呼ばれた。

「はい！ ……すみません、呼ばれたので行ってきますね」

断りをいれて厨房に移動すると、フリーザーの中身を整理していたらしい赤井さんがこちらを向いて、声を潜めた。

「今の人、芹香ちゃんの知り合い？」

「あー……えっと、はい。そうですね。昔の……」

当然、厨房からカウンターの様子を窺うことができる。加えて作田さんは声が大きいので、私との会話は丸聞こえだったのだろう。

知り合いかどうかを訊かれてどう返事をしたものかと悩んだけれど、会話のキャッチボールをしてしまったあとで「他人です」とは言いにくい。私は適当に返事をした。

すると赤井さんが快活な笑みを浮かべる。

「もうランチ終わるし、せっかくだから昼休憩のまかない、その人と一緒に食べなよ。サービスするから」

「えっ！」

驚きというより、戸惑いの意で強い声が勝手に出た。

「――あ、でも、いいですよ。そんな、悪いですから」

「いやいや、古いお友達なら積もる話もあるだろうから。いつもきちんと働いてもらってる分ってことで」

作田さんとの積もる話は見当たりそうもないのだけど、私の出まかせを信じている赤井さんは、遠慮しないでとばかりにふたり分のパスタを茹で始めてしまう。

「……あ、あはは……ありがとうございます……」

毎日のように同じ空間にいるとはいえ、彼とはじっくりふたりで話したことがないから、ちょっと気まずい。でもこうなってしまったら、厚意を受け取るしかない。作田さんは昼食がまだのようだし、きっと断らないだろう。

赤井さんの親切心をちょっと恨めしく思いながら、あまり気の進まないランチの誘いをするべくカウンターに戻ったのだった。


「え、うまっ！　このパスタうまっ」

店外に二席だけあるテラス席。三種類ある日替わりパスタのうちのアラビアータを啜って食べる作田さんが、感動したとばかりに小さく叫んだ。

「でしょう。うちのお店、結構人気あるんです」

「なるほどねー。わかる気がするわ」

十四時になり、日差しのピークは過ぎ去ってもまだ暑い。持ってきたばかりのアイスティーもすでに汗をかいている。私も彼と同じまかないのアラビアータをフォークの先に巻いて頬張った。うん、今日もおいしい。

暑い夏や寒い冬の間は使われないテラス席。だからこそ私は作田さんをこの席に連れ出した。ここでなら、聞かれたくない会話があったとしても店内には届きにくいと思って。

「しっかしなずなちゃんがここで働いてたとはねー」

「私もここで作田さんにお会いしたのはびっくりです」

中條さんのときと同様に、夜の仕事で知り合った人と昼間に顔を合わせるのは稀だ。それもあってか彼は友人の作田さんにさえ、私がここで働いていることは告げていなかったみたいだ。

「ちゃんと昼働いてんだねー、偉い偉い。ほら、ああいう仕事してる子ってだいたいそれ一本じゃん。それがだめとは言わないけど、昼職してる子のほうが地に足ついてる感じするからねー」

やや上からな物言いが引っかからないでもないけど、作田さんはもともと尊大な話し方をする人だから、うなずいて聞き流すことにする。

「——で、昼夜働き続けてるってことは、金に困ってんの？」

「……そう、ですね。はい」

ストレートすぎる質問に思考が停止しかけるも、動揺を見破られて突っ込まれるのも本意ではない。パスタを咀嚼しながら素直に認めた。

すると作田さんはフォークをパスタ皿の上に置くと、椅子の背もたれに寄り掛かり、したり顔で自身の腕を組む。

「でしょ！　前々からなずなちゃんには不幸オーラを感じてたんだよねー。やっぱ苦労してんだー。なに、学費の返済とか？　親御さんには協力してもらえなかったのー？　あ、そもそも親と疎遠だったりする？」

悪い人じゃないのだけど、作田さんは他人との距離感を図らずにコミュニケーションを取ろうとするきらいがある。気にならない人はいいにしても、私のように抱えている事情を他人に知られたくない人間にとっては、デリカシーがないと感じてしまう。

「学費とかじゃないんですけど、まぁいろいろあるんですよ。ところで、作田さんこそ昼間なのにお仕事ですか？」

必ずしも相手の質問に答えなければいけないわけではないと、夜の仕事で学んだ。

適当に流してから、会話の矛先を作田さんに向けることにする。

「それどういう意味？」

作田さんの身体がやや前かがみになり、眉を顰めた。表情に滲むのは怒りではなく疑問だ。

「いえ、その、勝手なイメージですけど……極道の方って、夜のほうが動きが活発なのかな、とか思ったりして」

「それは間違い！　むしろオレらは、昼のほうが一生懸命働いてたりするんだな」

「え、そうなんですか。意外ですね」

「こう見えてもオレ、サラリーマンよ。サラリーマン」

「本当ですか!?」

作田さんよりもずっと大きな、半分叫ぶような声音で訊ねる。と、その拍子に唐辛子の効いたソースが喉奥にべったりと張りつき、むせて咳き込んでしまう。

「言ってなかったっけ？　てか、大丈夫？　それ飲めば？」

驚いて咳き込む私の手元にあるアイスティーを指差して気遣いつつ、作田さんは彼の会社や仕事の話をしてくれた。

作田さんを含む、いつもの中條さん御一行の四人は、いずれもこの周辺に支店を構える大手建設会社『沓進工業』で働いているのだという。

――あれ、会社員？　ヤクザって話だけど……？

……と混乱したけれど、続く説明に納得した。彼らの所属する『沓進』は、いわゆるフロント企業と呼ばれる、ヤクザの方々が牛耳る会社らしい。

近年は警察の取り締まりの強化に伴い、反社会勢力のみなさんも合法的な企業を設立して、表舞台で資金を稼ぐ組織が増えているのだという。彼らの会社もそのひとつなのだけど、『沓進』といえば誰もが名前を知っている有名企業。国内の大手デベロッパーからの案件や、行政の仕事まで請け負っているとか。作田さん曰く「事業はきちんとやっている」のだそう。

私は話の途中で何度もアイスティーを飲んだ。喉がまだいがらっぽい。

作田さんの風貌はちっともサラリーマンらしくない。髪型といい、服装といい、注意されたりしないのだろうか。

「なにー？　もしかして疑ってるー？」

「そ、そういうわけじゃないんですけどっ」

観察するように彼を見つめていると、作田さんがジト目で私を見つめ返してくる。

「なずなちゃんの目がそう言ってる。仕方ないなー、証拠を出すか。……はい」

ごそごそとお尻のポケットから取り出したのはブランドもののパスケース。そのなかから名刺を一枚取り出して、私に向けて差し出した。

「ほ……本当ですね」

受け取った名刺には、『沓進』の社名と作田光平という彼の名前、そしてその間に『人事部』との表記。……本当にサラリーマンだ。

「うちは営業以外は髪型も服装も緩いんだわ。オレは社会保険関係の担当してるから、外部の人間とほとんど会うこともねーし」

——作田さんが社会保険関係の担当って。『沓進』は大丈夫なのかと考えてしまうけれど、彼もお仕事となればきっちりやるのだろう、と信じたい。だからその分ストレスも溜まって、女の子や弟分を連れてアフターに行きたがるのか。すごい体力だ。

「信市と泰成は総務部と経理部だしな」

「それもなかなかパンチのあるカミングアウトですね」

ふたりの顔を思い浮かべて、やっぱり似合わない、と笑う。オラオラ系のジャージを着ている総務と経理なんて、他の企業ではまず見かけることはないだろう。

「——あ、でもそれで言うと、いつもスーツの中條さんは営業さんなんですか？」

「バカ言うな。紘は支店長だよ」

「支店長!?」

彼らがサラリーマンであると聞いたとき以上に驚いた。口をぽかんと開けてしまう。

「そそ。アイツは有名大学出で頭もキレるからさ、本部の兄貴に期待かけられてるんだよな。だから二十九歳の若さで支店長。すげーよなぁ」

なるほど。若いのにスーツ姿がやたらとこなれていると感じたのは、彼が支店長という重責を担っているからなのか。

妙に納得していると、作田さんがめったに見せない愁いを帯びた眼差しで、まだ八割方残っているアラビアータを見つめた。

「――本当、スゲーヤツなんだよ、紘は。……オレがこの世界に引きずり込まなきゃ、カタギの世界でも十二分に結果を残してただろーな」

つぶやくような言葉には自責の念がこもっているように感じる。

……なにかあったのだろうか。それを私が訊ねてもいいのだろうか。

「なずなちゃん、オレたちが組に入った経緯って、紘から聞いた?」

こちらが訊ねるより先に作田さんのほうから訪ねてきた。私は首を横に振る。

「……気安く聞いてはいけないのかなと思って。でも正直、気になってはいました」

「まぁ、しょっちゅう顔合わせてるしな。オレはともかく、紘みたいなヤツがなんでって思う気持ちはよくわかる。……聞いてみたいなら教えるよ。ちょっと長くなってもいいなら」

私は迷わず「教えてください」と答えていた。

優しくて穏やかで、誠実で、紳士で。荒っぽく恐ろしいイメージのあるヤクザと親和性の低い中條紘という人が、どうして極道に入らなければならなくなったのか。その理由をどうしても知りたかったから。

▼▽▼

オレと紘は中学時代からの友達でさ。他にも仲間は何人もいたけど、一緒にいていちばん相性がいいなって感じてたのが紘だったんだ。

お調子者のオレと、落ち着いてて大人な紘。お互いに違うタイプなのが刺激的に感じたんだと思う。紘のほうもそう思ってくれてたみたいで、高校が別々になっても、そのあと紘が大学進学、オレが就職で距離ができても、オレたちは予定を合わせて遊びに行ったり、メシを食いに行ったりしてたんだ。

で、あれは——オレが入社二年目だったから、紘は大学二年生だった。お互いハタチ過ぎたし飲みに行こうぜって流れになって、当時オレが仕事帰りによく寄ってた居酒屋に紘を誘ったんだ。そこは座敷席を簾で仕切ってある造りで、向かい合って座るふたり席に案内された。

オレ、そんとき酒を覚えたてで、そりゃもう毎日浴びるように飲んでたの。っていうのも、会社の上司が厳しくて。オレがバカで物覚え悪いのも原因ではあったんだけど、しょっちゅう叱られてた。だから憂さを晴らすみたいに、その日もガブガブ飲んで結構酔ってたわけよ。

紘が「飲みすぎだ」って止めてくれてたのに、エンジンかかっちゃうとひたすら走るしかないじゃん。最初は単に上司の悪口だったんだけどエスカレートして、よせばいいのに会社批判を始めちまったんだな。「大手のくせに給料が安い」とか「信頼できる上司がいない」とか「経営陣の感覚が古い」とか、いろいろ。

今思えば、そこまで大きい不満ってのはなかったんだけど、そんときはハタチのガキんちょでイキってたし、まだ学生やってた紘に対して、一足先に社会に出てでっかくなってる自分っていうのをアピールしたかったんだと思う。とにかく思いつくままに、会社の悪口を言いまくってた。

そしたら仕切りの簾がガバッて突然めくられたんだ。オレらと同い年くらいの、いかついジャージ着たチンピラが「うちの組の会社、悪く言ってんじゃねーよ！」ってめっちゃ怒ってんの。

オレも紘も「えっ？」ってなったよね。「うちの組？　どゆこと？」って。実際にそう言ったと思う。そしたらそのチンピラがさ、「菊川組のことだろうが！」って。

全然気付かなかったんだけど、オレが「大手に入社決まったラッキー」ってよろこんでた『沓進』って会社は、ヤクザの会社だったんだ。オレはそれを、このチンピラから初めて聞いてびっくりよ。そうと知ってたら、入社するわけないじゃん？

でもオレそんとき酔ってたし、売られたケンカは買わずにはいられないタイプだから、「なんだテメェ！」ってなっちゃったの。「やんのかオラ！」ってお決まりの台詞が返ってきたから「やれるもんならやってみろよ！」って。

そうなると向こうは引っ込みつかねーから、「じゃあちょっと表出ろよ」とかって言うだろ。で、紘が宥めるのも無視して店の外に出たの。

店の外に出た途端、チンピラがオレの顔面に一発入れてきた。そしたらオレもカッチーンて。そこからひたすら殴り合いよ。

ここでチンピラをぶちのめせればカッコいいんだけど……ソイツ、よほど頭にきてんのか目ぇ血走っててストッパー外れてる感じで。オレ、それなりにボコボコにされてヤバかったんだ。

そこで助けてくれたのが紘なんだ。オレがやられるって焦った紘は、チンピラの気をオレから逸らすために加勢してくれた。つっても紘は警察官になりたいって夢のためにずっと空手をやってる有段者だから、必要以上に力を使うとマズいと思ったんだろう。興奮まかせのチンピラの動きをことごとくかわしてソイツの体力を削ったあと、見事な回し蹴りでチンピラをダウンさせたんだ。ありゃまるでアクション映画みたいなスゲーワンシーンだったよ。今となっては、録画でもしときゃよかったな。

──あー、そうそう。それで「コイツどうしよっかー」ってなってるときに、知らねぇ三人組が「おい」って凄んできたんだ。

三人はみんなスーツ姿でさ、うしろに控えてるふたりは地面におねんねしてるチンピラみてぇな若いヤツ。茶髪にピアスのチャラけた感じで、まぁコイツらはどーってことねぇんだわ。

問題はふたりを従えてる二十代後半の背の高けぇ男。その人のスーツや靴はうしろのチャラ男が身に着けてるものとは比にならないくらいの高級品だっていうのは、ものを知らないオレにでもなんとなくわかったよ。ちょっと長めの黒髪をオールバックにしてさ、一重の目元は切り出しナイフみたいに鋭くて、冷ややかだった。

オレはその人の顔に見覚えがあったんだ。どこかで会ったことがあったっけって考えて、すぐに思い出した。オレの上司だったんだ。

同じ人事部の部長の一柳さん。立場的に直接かかわることは少なかったけど、挨拶は何度もしたことがあった。若いのに有能で、年上の部下もうまく使ってると評判の、うちの会社のエース。

気付くのに時間がかかったのは、会社で見かける一柳部長とはかなり印象が違ったからだと思う。会社では寡黙で温厚そうなイメージだったんだけど、そのときの一柳部長は目力も相まって気迫がすごいっていうか……こう、タダモノじゃねぇって感じが漂っててさ。まるで別人なの。

「なんで部長がここに?」って、思わず訊ねた。この飲み屋、安い割りにうまくてうちの会社の人間は結構使ってたから、部長がいたとしてもまったく不思議はないんだけど、そういう意味で発したんじゃない。足元でのびてるチンピラとどういう関係なんだろうって、不思議に思ったからだ。

一柳部長は「電話で席を離れてるうちに、一緒にいたコイツがいなくなってた。店の人間に聞いたら外に出てったって言うから、近くの席で飲んでたうしろのふたりを連れて店外に出た」って主旨のことを言った。

質問に答えながら、一柳部長がめちゃくちゃ怒ってんのが伝わってきた。

この時点で、オレはすごく嫌な予感がしてた。チンピラがヤクザだっていうのは自分で言ってたし間違いないとして、「一緒に飲んでた一柳部長と、他のふたりも同じヤクザの仲間なんじゃ？」って。

結果は予想通り。一柳部長は正真正銘のヤクザ。で、俺たちがダウンさせたチンピラは、『杳進』の社員ではないものの、うしろに従えてる男ふたりと同じ一柳部長の舎弟だったわけだ。

一柳部長はソイツを「組に入ったばっかりで作法を知らない、青臭いヤツ」って言ってたけど、付け足すように「でもバカな子ほどかわいいって言うもんな」って少し笑った。そのあと、オレたちをあの研ぎ澄まされた目で睨んだんだ。「ヒッ」って声がもれたよね。

ぶっちゃけ一柳部長、めっちゃ怖かったんだわ。油断したらションベンチビるかもってくらい。

一柳部長にとって、舎弟のチンピラはマジの弟みたいなもんで、その弟をオレらにやられたのが許せなかった。先に手を出してきたのは頭に血が上ったチンピラのほうだけど、その場にいなかった一柳部長はそれを知らない。だからオレたちが一方的にチンピラをボコったと思ったんだろうな。

一柳部長が合図すると、うしろに控えてたうちのひとりがオレの顔面を殴って吹っ飛ばした。それまでチンピラとやり合ってて体力を使い果たしてたオレは、ガードレールに頭と身体を強く打ち付けられて、その場から動けなくなった。

そしたら今度は紘がターゲットになった。身のこなしの軽い紘は、最初のうちはふたりに捕まらないように拳や脚を避けてたけど、さすがに二対一じゃ分が悪い。ふたりがかりで羽交い絞めにされて、動きを封じられてしまった。

一柳部長はオレたちが抵抗できない状態になると、まずオレのそばに跪いて、ダボパンのポケットから財布を抜いた。ささやかな抵抗とばかりに唾を吐きかけてやろうとか、最後の力を振り絞って一発殴ってやろうとかいう考えも過ったりしたけど、できなかった。あの凍てつくような一柳部長の眼差しを見たら、とてもそんな気にはなれなかったんだな。

オレの財布を持ったまま、今度は押さえつけられながらももがいてる紘の、デニムのポケットから財布を抜いた。

あぁ、これがカツアゲかって思ったけど、でもそれで済むならいいかもって気にもなってた。一柳部長はヤバい人だ。下手にかかわり合いになるよりは、金を盗られてサヨナラしたほうがずっといいって。

でも違った。オレたちの財布のなかから一柳部長が取り出したのは金じゃなくて身分証だった。社員証とか、学生証とか、免許証。携帯で写真を撮って、財布に戻した。

「どこかで見たことがあると思ったら、お前はウチの社員か」

社員証を見て、一柳部長はやっとオレが部下であることに気付いたみたいだった。

その声にぞくりとしたものを感じて、オレは間髪容れずに「はい」って答えた。

「で――そっちのお前は賢いんだな」

一柳部長の興味はすぐに紘に移った。紘が通ってた大学は難関私大で、誰もがその名を知ってるところの法学部だったからだろう。

紘が黙っていると、一柳部長は唐突に、最近ヤクザにも学歴がある人間が増えてきているという話をし始めた。なんでも、稼げるシノギを見つけ出すには、切れる頭脳が必要だからってことで。

「お前――それとお前も、うちの組に入れ」

紘を指差したあと、ついでみたいにオレのことも指差した。耳を疑うような台詞にオレは呆然とした。

紘はきっぱり断っていた。オレは改めてアイツのことをスゲーヤツだと思ったよ。

知らねぇ男ふたりに羽交い絞めにされてる状況で、地獄の閻魔みたいな凄みのある一柳部長の要求を一蹴できるんだから。

また殴られるんじゃねぇかってヒヤヒヤしたけど、どういうわけか一柳部長は満足げだった。

このときのことをのちのち一柳部長に聞いたら、「ヤクザにとっていちばん必要なのは胆力だから」って言ってた。つまり、紘の物怖じしない姿勢を気に入ったってことだったんだと思う。もちろん、アイツが賢かったり、ケンカが強かったりするところも評価してるみたいだけど、結局、最終的にはハートの強さだってことだな。「折れない心が重要だ。お前ももっと精神力を養え」って今でも怒られるよ。

――悪い、話が脱線したな。そう、で……是が非でも紘を組に引き入れたいと思った一柳部長は、またとんでもねぇことを言ってきたんだ。

「言っておくが、お前たちに拒否権はない。ヤクザってのはメンツを気にするんだ。大事な弟分を傷つけられてただでは引けない。断れば、お前たちはもちろん、お前たちの家族がどうなっても保証はできない」って。

いや、マジで生きた心地がしなかったね。オレなら怖すぎてふたつ返事で要求を呑みそうだったけど、紘は断固拒否してた。

少しの迷いもない様子に「わかった。気が変わったらここに来い」つって、自分の名刺を紘とオレ、それぞれに握らせて、その日はオレたちを解放してくれたんだ。

でもそれからすぐ、オレの自宅の近くを柄の悪い連中がウロウロするようになった。身分証の写真を撮られてたから、そこから住所も知られちまった。とはいえ、オレがそばを通りかかったりしても、連中は特に接触はしてこなかったんだ。にやにやしながらじーっとこっちを見てるだけ。それはそれで、なかなか堪えたよ。

で、その話を紘にしたら――アイツも同じ目に遭ってたんだ。紘の場合もオレと同じで、なにか手出しをされるわけじゃないけど、ただにやにやしてこっちを見てくる。

ふたりとも実家暮らしだから、すでにオレたちだけの問題じゃないと感じていた。けどまあ、見られてるだけならじきに飽きるのかもと楽観視してたけど――ついに恐れていたことが起きた。

当時高校生のオレの妹が攫われかけたんだ。たまたまその場を目撃した近所の人が大声を出したおかげで未遂に終わったけど、家でずっと泣きじゃくる妹を見て申し訳なさが募ったし、「オレはとんでもないヤツらに目ぇつけられちまったんだな」って震えが止まらなかった。

ひとまず相談しようと思ったところに、ちょうど紘から電話がかかってきた。内容は、紘が帰宅すると紘の母親と父親が粘着テープで拘束されてたってこと。幸い無傷だったけれど、親御さんたちがいたリビングのテーブルの上に「次は覚悟しろ」って走り書きが残されてたらしい。

もうさ、そんな話聞いたら「やっぱヤクザってのは有言実行なんだ。オレたちはアイツらから逃げられないんだ」って観念するだろ。

オレは自分の実家であったできごとを伝えたあと「ひとまず組に入ってあっちの怒りを鎮めよう」って提案した。じゃないと絶対にエスカレートすると思ったからな。

紘は「一度組に入ってしまえばきっともう抜けられない。抜けたいから抜けますなんて生易しい世界じゃない。もっと慎重になるべきだ」って聞かなかったけど、オレが「オレたちだけじゃなくてお互いの家族が危ないから」って訴えたら、ものすごく悩んだ挙句、「わかった」って言ってくれた。

こうしてオレたちは、組に入る決意をしたんだ。

「オレたちが組に入る意思表示をしたら、実家への嫌がらせはぴたりと止んだ。紘は

大学をちゃんと出といたほうがいいってことで、在学中も組の事務所には出入りして
オレと雑用をこなしつつ、卒業と同時に『沓進』に入社したってわけだな」

「……そんなことがあったんですね」

中條さんも作田さんも、自らの意思で極道の道を選んだわけじゃなかったのだ。ヤクザに脅され、自分たちや家族の身を守るために選ばざるを得なかった。

私はあまりにも壮絶なエピソードに、すっかり食欲をなくしていた。ほとんど手つかずのアラビアータの脇に置いたフォークを持ちあげる気力がない。

「オレさ、ずっと紘に申し訳ないと思ってんだよね」

これまで一貫して明るい思い出話を語るトーンだった作田さんだけど、その声音に悔悟の念がこもる。話の最中もマイペースにアラビアータを啜っていた手がやっと止まった。

「だってオレのせいで人生狂ったわけじゃん。オレがあのとき酔った勢いで、チンピラの相手なんてしなきゃよかったんだ。……紘には、警察官になりたいって夢があったのに、それも叶えられなくなって。それなのに、オレと絶交しないでダチでいてくれるなんて、いいヤツだよ」

「……私も、中條さんからはあまり極道っぽい感じがしないな、と思ってたんです。

昼間会っても、夜会ってもいい人で。その理由を聞いて、納得できた気がします」

「それ、オレからは極道っぽい匂いがぷんぷんしてるってこと？」

「あ、いえ……そういう意味じゃないんですけど」

私は慌ててかぶりを振った。無意識に出た台詞だけど、失礼だっただろうか。焦る私の顔を見て、作田さんが噴き出した。

「冗談だよ。オレは組に入ってからそっちに寄せに行ってるし、言われてもしゃーない。兄貴たちはみんなこういう派手な格好が好きだし、言葉遣いだってもともときちんとしてるほうじゃねーから。……でも紘はちゃんとしてるもんな」

「そうなんです。髪型や服装も普通の方っぽいっていうか……雰囲気も、そういう世界の人たちが持ってる怖いイメージが全然ないというか」

「あー……いやー、それはどうかな」

すると作田さんは、苦笑いを浮かべながら小首を傾げた。

……？　どうかなってどういうこと？

「ま、それは置いといて……本当、紘みたいないいヤツいないよ。そりゃ立場的に兄貴たちの言うことはちゃんと聞いてるけど、極道に入ったあとも無駄な争いは好まない平和主義で、仲間思いで一度懐に入った人間に対してはとことん優しくて面倒見がいい。だから紘を慕ってる若衆は多いんだよな」

親友の作田さんが語る中條さん像は、私が知っているものと相違ないように感じる。

しばらく放置していたせいで溶けた氷と二層に分離しているウーロン茶を、彼がストローでひと混ぜした。薄くなったそれを嚥下してから、ニッといたずらっぽく笑う。

「オレは意外とこの世界に順応してんだわ。だから極道で生きていくって腹括ってる。こんな人生もいいかなって。……でも紘はそうじゃない」

なにかに思いを巡らすみたいに咥えたストローの先を何度も噛む。歯形のついたストローを吐き出して、彼が再び口を開いた。

「仕事でも成果上げて支店長に抜擢されて……同じ世界のヤツから見れば順風満帆なんだろーけど、昔から正義感が強いから、ずっと組を辞めたいって思いを持ち続けてるんだろうさ。……けど、一度極道に入ったら簡単には辞められない。周りがそれを許さない」

「…………」

もし私が中條さんの立場だったらと想像する。抱いていた夢を諦め、得体のしれない恐ろしい極道で十年近くも踏ん張り続けてきた。自分自身の資質に反する、殺伐としたダークな世界から解放されたいと願うのに、易々と辞められない環境にある。

……どんなにつらいだろう。……ううん。ただ『つらい』なんて言葉だけじゃ、言い表せられない。それだけ重く複雑な事情を、中條さんは背負っているんだ。

「なずなちゃんさぁ、紘に惚れてるっしょ？」

テーブルの上で軽く握った両手を見つめながら思考を巡らせていると、作田さんがからかうような声で訊ねてきたので、私はハッと顔を上げた。

「っ……い、いきなりなに言ってるんですか？」

「オレ、バカだけどそういうのには敏感なんだよねー。今、自分のことみたいに悲しそうにしてたよね。それに、あっちの店で接客してるときのなずなちゃんの顔、まんま恋するオトメって感じ。バレバレだよ」

「………………」

無意識の反応を指摘されて恥ずかしくなる。……私、中條さんに対していつもそんな顔をしてるんだろうか。思わず両手で顔を覆った。

「紘もなずなちゃんに惚れてるしね」

「えっ!?」

「わざわざふたりきりでアフター行ったりしてるくせに、なにを今さら」

ただでさえ乱れた心拍数をさらに上げるような台詞が飛んできて、小さな悲鳴かのような声がもれた。作田さんは逐一動揺する私を面白がり、喉を鳴らして笑う。

……アフターの件は私のためについてくれたうそだから誤解なのだけど、彼にそれを訂正するわけにもいかないか。

「相思相愛でいいじゃん、紘の女になりなよ」

「お、女って……！」

「アイツ、あの見てくれだから女にモテモテなんだけど全然遊んでる様子ないんだよな。……そもそもヤクザってガチガチの縦社会だからきっちりしてるヤツばっかだし、下手なカタギよりも信頼できるよ」

『中條さんの女』なんて恐れ多い言葉だ。ヤクザの人がそうでない人よりも信用できるかどうかは置いておいて──

「私は、そんな。中條さんには本当にお世話になってますけど……でも、それだけです。きっと、中條さんもそう思ってると思います」

胸の内で育ちつつある中條さんへの想いに背を向け、私はいなすようにそう答えた。

彼のことは嫌いじゃない。というか、きっと好きなんだと思う。

けど……実の両親とは違う、幸せな恋愛と結婚への憧れをやっぱり捨てきれない。

もし私と中條さんがお付き合いをするようなことがあったとしたら……私自身も彼

の背負っているものを共有しなければいけなくなる。

自分の借金を返すべくあくせく働くだけの私に、果たしてそんな余力があるのだろうか？　……答えは否だ。彼のすべてを受け止める勇気や気力が、今の私にはない。

「本当にそう思ってたとしても、商売的に、そんなこと言っちゃマズいんじゃないの？　色恋営業が基本なのにさ」

「……あ、そうですね。すみません」

今の回答はキャバ嬢としてはゼロ点だ。ゲストである作田さんに言われて気付くなんて、私はつくづく夜の仕事に向いていないのだと再確認する。

「オレは別にいいけど——そういえば今日もあっちは出勤でしょ？」

「はい。その予定です」

うなずくと、作田さんはなにか企んでいるみたいに唇の端を吊り上げて笑う。

「そ。……じゃ、今日はちょっと騒がしくなるかもしんないから、よろしく」

「……はい？」

訊ね返してみたけれど、彼はそれ以上を語ってはくれなかった。……騒がしいことってなんだろう？

作田さんの言葉に引っかかりを覚えたまま、いつも通り十八時に『Rose Quartz』に出勤し。バックヤードのロッカーを開けて着替えを始める。一時期はものがなくなってやしないか、水割りがぶちまけられてやしないかと心配しながらロッカーを開けていたけれど、今ではすっかりそういうこともなくなった。

最近、エリカちゃんが『Gold Cherry』に籍を戻したようなのだけど……それはつまり、エリカちゃんが嫌がらせの首謀者であった、って認識でいいのだろう。

私がランキングに入るまでは悪い人ではなかったから、彼女だと確定したのは悲しいけれど……悩みが減ったのはよかった。

「美雪ちゃん、おはよう」

「おはよう」

着替え終わりメイク台に移動しヘアスタイルを作っていると、となりにカールアイロンを持った美雪ちゃんがやってきた。が、いつもの明朗快活さが精彩を欠いている。

「……どうしたの？　具合悪い？」

「ううん、大丈夫」

彼女は短くそう言うと、それ以上は訊いてくれるなとばかりに、ピンクブラウンの髪に緩やかな曲線を作る作業に没頭し始める。……こんな美雪ちゃんは珍しい。

「美雪さん。植野（うえの）さまご来店です。ＶＩＰルームにお願いします」

「はい、すぐ行きます」

バックヤードの扉をノックした黒服が、扉越しに告げる。すると、美雪ちゃんは手早くセットを終えてバックヤードを出ていった。

ＶＩＰに違うゲストを案内しているなら、今夜は中條さんたちは現れないのだろう。最近あの部屋は、彼ら専用みたいな扱いになっている。他に使いたがるゲストが少ないのもあるけれど、中條さん御一行が最優先、というのがお店の考え方なのだろう。

しかし、植野さんがＶＩＰルームって——ちょっと不思議な感じがする。

植野さんは『Gold Cherry』のころから何回かお店に訪れている、二十代前半くらいの若い男性。いつも美雪ちゃんを指名し、きっかり一時間でチェックする。

前回お店を訪れたのは六月初めごろだ。そのときの服装は、年季の入ったＴシャツにチノパン。使い込んだスニーカー。失礼を承知で言えば、あまりＶＩＰルームが似つかわしくない雰囲気の人だ。おそらく一度もＶＩＰを利用したことはないはず。

……なんだか、妙だ。

妙と言えば、作田さんがわざわざ「今夜は騒がしくなる」なんて言っていたから、てっきり来てくれるものだと思っていたけど、違うみたいなのも引っかかる。

――はぁ……せっかく中條さんと話せると思ったのに、残念だな。

「っ……！」

……なんて思ってしまう自分を、心のなかで叱咤する。中條さんにこれ以上興味を持っちゃだめだ。彼は大切なゲスト。それ以上の感情を抱かないようにしないと。

昼間に立てた誓いが早くも崩れかけるのを阻止しながら、ヘアセットを終えた私はフロアに出た。

待機のソファに座っていると、つくづく中條さんがいないと私の仕事はないに等しいのだと実感する。彼は事情があってこの店に通っているのだと言っていたけど、それが済んだらもう来ないのだろうか。

……うーん。想像すると寂しい。

いや、でも彼と距離感を保つにはそのほうがいいのかもしれないないな――

なんて想像を頭のなかで繰り広げていると、ガラスの壁で仕切られた待機席から、階段を下りてくるゲストの人影が見える。

――あ。いつもの中條さん御一行だ。

「いらっしゃいませ」

私は彼らの来訪に無意識に胸を弾ませつつ、同じく待機中だったメイちゃんとふたりで立ち上がり、エントランスに迎え出た。

「ごめんなさい、なずなさん、メイさん。今夜は飲みに来たわけじゃないんです」

中條さんはふわりとした微笑みを向けてくれたものの、すぐに口元を引き締め、すぐそばにあるVIPルームの扉を一瞥する。

「ねぇ信市くん、どういうこと？」

「メイちゃんごめん。詳しくはあとでね」

不思議そうに訊ねながら信市くんに身を寄せようとするメイちゃんを、彼はそれどころではないとやんわり制した。信市くんの視線は中條さんと同じ軌跡を辿る。

「VIP、お邪魔するよ」

作田さんがとなりにいた泰成くんにも行くぞとばかりに合図をして、先客のある部屋へ一直線に向かっていく。

「あ、今別のゲストが入られてて……」

「ん、知ってる。だから来たんだよ」

「え？」

作田さんを追いかけながら言うと、作田さんはにやりと人が悪そうな笑みを浮かべて答えた。……だから、来た？

「オラァ、植野ッ!!」

言葉の意味を考えているうちに、作田さんが勢いよくＶＩＰルームの扉を開ける。

刹那、彼の怒号が飛んだ。

すると、奥のソファに座っていた植野さんと美雪ちゃんが反射的にこちらを見る。

「ヒッ——光平兄さん、なんでっ……!?」

作田さんたちの姿が視界に入った瞬間、植野さんの表情がみるみる絶望に染まっていく。

「オメェ、よくも店の金持ち逃げしやがったなッ!!」

恐怖のあまり逃げ出そうとする植野さん。けれど部屋の出入口はひとつしかなく、扉付近にいた作田さんが植野さんの肩をむんずと捕まえる。そして泣きそうに表情を歪める植野さんの頬に容赦なく拳を突き入れた。

痛みに呻いた植野さんの身体が吹っ飛んで、つるつるとした光沢のある床に叩きつけられると、作田さんは扉を振り返り、怒りに満ちた瞳を背後に控えていた弟分ふたりに向けた。

「逃げられねぇように捕まえとけ！」

「はいっ！」

小気味いいほどに揃った返事をしたふたりが植野さんを立ち上がらせると、背後に回り、開いた両腕をそれぞれ片方ずつ捻じるように摑んで動きを封じた。

私も、メイちゃんも、そして美雪ちゃんも——突然のできごとに呆然としていた。メイちゃんは小さく震えながらも店長を呼びにいき、美雪ちゃんはソファに座ったまま目の前のできごとに釘付けになっている。

心臓がバクバクして、息が苦しいような錯覚に陥る。私は開け放たれた扉付近から、二、三歩前にいる中條さんをちらりと見やった。彼は、真剣な表情でことの成り行きを見守っている。

「あっ、はな——放せぇっ……！」

「放すわけねぇだろ、クソが！　オメェを捕まえるためにどんだけここ張ってたと思ってんだ」

力いっぱいもがいてふたりの拘束から逃れようとする植野さんの頬を、作田さんがまた殴打する。だらりと力の抜けた植野さんの口の端が切れ、血が滲んでいた。

「金はどこだ」

作田さんに代わって彼の正面に立ったのは、それまで傍観していた中條さんだった。

低く淡々とした声音に、植野さんの足ががくがくと震え出す。

「っ——紘兄さんっ……！」

「もう一度訊く。金はどこだ」

「あ……あ、ぁあっ……」

中條さんのすらりと長い指先が、植野さんの根元が黒くなっている茶髪を掴んで、顔を仰がせる。

「あれは若頭の——竜司さんの大事な金だ。どうしても言いたくないなら、言いたくなるまでお前の身体の骨を一本ずつ折ってやってもいい」

「っ……‼」

氷のように冷たい響きのある言葉と、示威的な瞳。

——怖かった。まるで、私の知っている中條さんじゃないみたいだ。

「す……すみませんっ——すみません、どうか、それだけは許してくださいっ……！」

凄みのある所作に恐怖が頂点に達したらしい植野さんが、人目も憚らず泣きじゃくりながら許しを請うた。彼の心が折れたことを悟った中條さんが、摑んだ髪を離す。

「許すかどうかは私たちが決めることじゃない。竜司さんが決めることだ。早く、金の在り処を言え」

「……すみません……もう、残ってないです……！」

「うそつけ。あんな大金、すぐに使えるわけねぇだろ」

作田さんが信じられないとばかりに反論すると、植野さんが大きくかぶりを振る。

「本当です！　……ギャンブルで増やそうと思って……全部溶かしちまいました。誓って、うそじゃありませんっ！」

「へぇー？　……まぁいいや。オメェの話が本当かどうか確かめるためにも、一緒に帰んぞ」

作田さんが扉のほうを顎で示しつつ、植野さんを拘束するうしろのふたりに目で合図をした。すると、植野さんが怯えたように視線をさまよわせる。

「ど、どこに、ですか……？」

「組の事務所に決まってんだろ。竜司さんにも来てもらってゆっくり話そうぜ？　信市、泰成、連れてけ。車は外で待たしてある」

「はいっ！」

作田さんに指示されたふたりは、がっちりと植野さんを捕まえたままＶＩＰルームを出ていった。

「美雪ちゃん、助かった。ありがとな」

ソファに縫い付けられたかのように微動だにしない美雪ちゃんに、作田さんがそう優しく声をかけた。美雪ちゃんは俯いて首を横に振る。

「……うん。兄が本当にごめんなさい」

「いや、美雪ちゃんのおかげで捕まえられたわけだし。金を回収できるかは微妙だけど、それは美雪ちゃんのせいじゃないからさ。……じゃ、またゆっくり飲も」

「待って、外まで送るから」

ＶＩＰルームを出ていく作田さんを追いかけ、美雪ちゃんも部屋から出ていった。

店長を呼びにいったメイちゃんはまだ戻ってこない。残されたのは、私と中條さんのふたりだけだ。

「……あの、これはいったい……？」

知りたい気持ちと知りたくない気持ちの半々で訊ねると、中條さんがこちらを振り返り、気まずそうに口を開いた。

「さっきの植野という男は、組の一員でありながら私たちの兄貴分が経営しているアングラカジノの売上金を根こそぎ盗んで姿をくらましていたんです。私たちは兄貴の金を取り返すために、ずっと植野を探していた」

アングラカジノ、という単語にヒヤリとしたものが背中を駆け抜けていく。

「あるとき、植野がキャバクラで働く唯一の肉親である妹に——美雪さんに会いに、不定期に店に立ち寄っているという情報を得たんです。光平が彼女を懐柔して、植野が来店するタイミングを教えてもらうように約束を取り付けました。美雪さんも実の兄を裏切るのは気が引けたようですが、店の金を持ち逃げしたという事実を重く見て、私たちに協力してくれることになったんです」

どうして中條さんたちがこのお店に通っていたのか、その理由がやっとわかった。

組の裏切り者である植野さんを捕まえて、売上金を取り戻すためだったんだ。

「……今の人って、どうなっちゃうんでしょう」

もし、本人の言う通り盗んだお金を使い切ってしまっていたなら。想像すると、心もとない気持ちになる。

「なずなさんは、知らなくてもいいことですよ」

迷いながらも、彼は明言を避けた。きっとそれは、私には言いにくい内容であるとの裏返しなのだろう。

「なずなさん」

「っ！」

中條さんがこちらへ歩み寄ろうとするや否や、私は反射的に一歩後ずさってしまう。

「……ご、ごめんなさい」

そんなつもりはなかったのに——まるで危険を回避するときみたいに、身体が勝手に動いてしまった。その瞬間、中條さんの表情に鋭い感傷が差し込んだのがわかる。

「私が怖いですか？」

「………」

その問いに、すぐに答えることができなかった。

怖いのか、怖くないのか、ごく簡単な二択。答えに詰まるのは、今まで接してきた優しく紳士的で温かい雰囲気の彼の姿と、つい先刻見せた絶対零度の気迫を感じる恐ろしい彼の姿と、どちらが本当の彼なのか——わからなくなってしまったから。

なにも言えないでいる私をどこか悲しげな眼差しで彼が見つめる。でもそれもほんの束の間。

「VIPルームのなかでのできごととはいえ、お店に迷惑をかけてしまって申し訳ありませんでした。私も行きますね」

彼はいつものように折り目正しい微笑みを見せて、私の横を通り抜けた。

「な、中條さん――」

「待って」と出そうになるのを呑み込んだ。彼の問いに答えを出せなかった私が、彼を引き留めていったいどんな言葉をかけようと言うのだろう。

私は彼を送り出すこともできないまま、その場に立ち尽くしていた。

■□■

人生には絶対に間違えてはいけない選択肢が存在している。

俺の場合、その選択肢は大学二年生の秋。「菊川組に入るか、断って俺や光平とその家族の身を危険にさらすか」の二択を突き付けられ、組に入るほうを選んだこと。

選択は間違えたが、それを後悔していないし、光平を恨んでもいない。後悔しているとするなら、あの日、あの居酒屋に入ってしまったことだろう。運が悪かった。それだけだ。

『Rose Quartz』を出ると、光平が呼び寄せた組の車はもう出てしまっていた。きっと、俺が店に滞在すると思われたのだ。仕方がなく、タクシーを呼んで自宅に帰ることにする。

植野を事務所で拘束しつつ、竜司さんを呼んで再度の事実確認をする。もちろん俺もその場に立ち会うつもりだけれど、今夜は長くなりそうだから一度自宅に帰ってシャワーと着替えを済ませておきたかった。明日は朝一で他社へ赴き商談がある。組の一大事があっても仕事は仕事だ。社会人としての身だしなみは整えておきたい。

なんて思ってから、俺は心のなかで小さく笑った。

――社会人。裏社会で生きるならず者のくせに、図々しいか。

極道に入って諦めたものはたくさんある。警察官になるという幼いころからの夢と、大切な家族との気兼ねのない交流、なんでも話せるカタギの友人、それに――カタギの女性との恋愛。

俺は別れ際、見るからに怯えていた彼女の顔を思い出した。

本当なら、全部諦めたくなんてない。普通に生きていれば特別大変な思いをしなくても手に入っただろうに、今の自分にはどれも果てしなく遠いものなのだ。

もしあの選択肢の直前まで戻れるなら、と考えてみる。

それでもやっぱり、同じ選択をするのだろう。俺たちはもちろんのこと、俺たちの家族のために間違いを選んだことに、やはり後悔はなかった。光平が言っていたことは正しかったのだ。組に入らなかったとして、大切な人たちの身になにかあったなら、俺は俺自身を激しく責めるだろう。……だから、これでよかったんだ。

どうにもならない自分の境遇にため息を吐いたところで、タクシーが自宅マンションの前に到着する。

駅前にあるタワーマンションの一室。ここが俺にとって唯一、本当の自分でいられる場所だ。セキュリティの先にあるエレベーターに乗り、三十三階に到着する。ホテルライクな内廊下を通り、突き当たりの部屋の扉の前に立つと、スーツの内ポケットに入れているスマートキーが反応して、ロックが解除される。

フロント企業とはいえ、『沓進』は思った以上にまともな会社だった。組の構成員は、自分自身でシノギを見つけてこなければならない。当然そんな伝手もない俺は、学歴を買われ『沓進』の内定をもらったこともあり、ひとまず社員として組に貢献しようと決めた。俺の努力の結果は、今のこういう恵まれた住環境に表れていると驕ってもいいのだろうか。もっとも、俺自身の力だけではないのはわかっている。

部屋に入ると、俺はスーツの上着となかのベストをリビングのソファの背にかけたあと、バスルームへと向かった。

脱衣スペースでワイシャツやインナーを脱ぎ、洗面台に取り付けられた大きな鏡を見やった。背後にあるリネン庫は扉が鏡張りになっており、そこだけちょうど合わせ鏡になる。そこに映る自身の背中いっぱいに、梵字の書かれた珠を抱える昇り龍が躍っている。

刺青を入れたのは本意ではなかった。すぐ上の兄貴分に、「お前も入れてみろ」と勧められたからだ。極道の世界では、目上の人間の命令は絶対だ。断る選択肢などはなから与えられず、入れるしかなかったのだ。

この青色の龍とともに過ごすようになってから、俺は本当の意味ですべての「普通」と決別しなければいけないのだと実感した。

警察官になる夢も、家族と気兼ねなく交流することも、なんでも話せるカタギの友人を得ることも、カタギの女性と恋愛することも——万にひとつ、明日から組を抜けても構わないという許しが出た場合には叶うかもしれなかったのに、この龍を背中に飼ったことにより可能性はゼロになった。夢は捨て、家族とは連絡を控え、親しかった友人たちとも距離を置いた。俺に興味を抱いてくれる女性とも、深い関係にはならないように一線を引いている。

なぜなら、なにかの拍子にこの龍を覗かれてしまったら、相手はきっとひどく怯えた顔をする。さっきのなずなさんが、そうだったように。

なずなさんには――彼女にだけは、あんな目で見られたくなかった。

傷つく前に諦めることには慣れたと思っていたのに、なずなさんに対しては他の女性に対するそれとは違う、特別な感情を持っていることに気付いてしまった。

昔から、一度相手に対して心を許すと身内のような感覚になってしまう。かつて光平の浅はかな行動によって取り返しのつかない事態になっても、彼に対して怒りが湧かなかったのはそういう理由なのかもしれない。とにかく無事でよかった、と。

なずなさんとかかわるうちに、彼女のことも身内として捉えてしまっている。

仕事の合間にたまたま入ったトラットリアで、向日葵のように明るく笑顔を振りまく姿に好感を覚えた。それからランチデザートのティラミスに魅了され、店に通うようになってからは、彼女との他愛ない会話に癒しを感じ、その時間が待ち遠しいとさえ感じていたのだ。

住む世界が違うのはわかっているのに、思いがけず彼女が自分が地回りをしているキャバクラで働いていると知って、彼女との距離が少し縮まった気になった。

そのキャバクラで嫌がらせに遭っていると聞いたときは、すぐに店長を呼び出した。

聞き取りをして、店長が嫌がらせを把握していたうえで放置していたという言質を取ると、内部崩壊による売り上げ急落とトラブル頻発の見込みがあることを盾に、みかじめ料の増額を申し入れた。すると、思惑通り状況が好転したわけだ。なずなさんのそのあとの反応を見ても、嫌がらせは止んだはずだ。固く口止めをしてあるから、この件で俺が手を回したとは思わないだろうけれど。

なずなさんを自分の手で助けたかった。そうしたところで、カタギの彼女とどうにかなれるわけでもないのに、それでも彼女には笑顔でいてほしかった。

背中の龍と睨み合っている時間はない。早く支度を済ませ、竜司さんが来るまでに戻らなければ。ベルトのバックルを外し、スラックスと下着を脱いだ。

そのままバスルームに入り、頭からシャワーを浴びる。最初に出てくるのは冷たい水だけれど、あれこれと思い巡らせているせいでショートしかけている頭をクールダウンさせるには、ちょうどいいのかもしれない。

組に入ったことでひとつだけよかったと思うことがあるとするなら、竜司さんと出会えたことだ。

一柳竜司――今や組の若頭となったその人のせいで、俺と光平は道を踏み外したのだけれど、組のなかでの彼はそんなに悪い人ではなかった。というより、最も尊敬できて、信頼できる兄貴だ。

普段の竜司さんは口数が少ないけれど、物腰が柔らかいし自分の子分や弟分には面倒見がいい。右も左もわからない俺と光平に、ヤクザとしての生き方を一から教えてくれた恩人だ。光平とはあまりそりが合わないようだけど、俺は竜司さんとは波長が合う気がしている。竜司さんの話を聞いていると、共感できることが多いから。

シャワーが適温になってきた。温かい飛沫を浴びながら、ゆっくりと深呼吸をする。

本音を言えば、今でも組を抜けたい。カタギに戻ることができれば、いつも眩しい笑顔を向けてくれる彼女と、もっと違った形でかかわることができるのかもしれない。

でも、残念ながらそれは難しいだろう。だから無理やりにでも諦めるしかない。

淡い想いが叶わないなら、せめてなずなさんを——いや、芹香さんを、欲望渦巻く水商売の世界から解放できないだろうか。

夜の蝶とは言うものの、芹香さんは囚われの蝶だ。人面獣心のはびこる檻から解き放って、自由に羽ばたかせてあげたい。

——あの笑顔を、少しの曇りのないものに変えてあげたいのだ。

真面目で心優しい彼女に、夜の仕事は似合わない。自分自身が極道から逃れられないとしても、芹香さんだけはまっとうな道に戻してあげられたら。

恐れられても、怯えられても——嫌われていても構わない。俺は俺のやり方で、芹香さんを幸せにしたい。

俺はシャワーを止め、浴室内の鏡に映る自分の姿を見つめる。

背中に隠れた龍は、そんなひとりよがりな俺をあざ笑っているかもしれない。

# 5

植野さんの一件があって一ヶ月が経った。あれから中條さんは『Rose Quartz』を訪れていない。

その間、作田さんが信市くんや泰成くんを連れて遊びに来た。仕事で頻繁に出入りしていたとはいえ、それぞれ指名キャストたちとも楽しく飲んでいたようだし、習慣になったのだろう。

そんな作田さんに中條さんのことを訊いてみると、「誘っても、忙しいからって断られる」とのこと。

中條さんがもともとキャバクラが苦手というのは知っているから、張り込みが終わった今、無理に通う必要がなくなったのだと自分自身を納得させたいけれど、多分、それだけではないのだろうという予感があった。

——あのとき、私が取った態度のせいだ。

いつもとは違う中條さんの顔を知り動揺してしまった。それが彼を傷つけたのだ。

彼は昼間のお店にも姿を見せていない。これまで三日に一度は見かけていたので、これだけ間が空くのは珍しい。忙しいだけならいいのだけれど、私のことを避けているのだとしたら、胸が締め付けられるように痛くなる。

どうしてあのとき、彼の問いかけにきちんと答えられなかったのだろう。「中條さんが優しい人だと知っているから、怖くないです」と——すぐ答えられればよかった。目の前で起きた仁侠映画のなかみたいなできごとに圧倒されてしまって、正常な判断能力を失ってしまったとは、情けない。

これまで、中條さんは私を励まして、応援してくれていたのに。そんな彼の厚意に泥を塗るようなまねをして。……本当に、申し訳ない。

けど……これでよかったのかもしれない。

今まで、中條さんとの距離が近すぎたのだ。昼も夜も彼に会う生活をしていたら、あんなに素敵な人だし、好きになってしまうに決まっている。後戻りできなくなる前に距離が開いてよかった。これを機に、もう彼とかかわらないでおこう。結局、これで正しかったのだ。

——それなのに、こんなにも気持ちが落ち込んでしまうのはなぜなんだろう？

「失礼します。なずなさんです」

「お久しぶりです、滑川さん」

心にぽっかり穴が空いたように感じていたある日の出勤直後、黒服に案内されたのは滑川さんのテーブルだった
「へぇ、なずなちゃんまたお茶挽いてるの。なに、例の太客に逃げられたんだ～？」

挨拶をすると彼はそれみたことかとばかりにうれしげな表情を浮かべ、大げさに声を張り上げて訊ねる。

中條さんからの指名がなくなった今、滑川さんの相手をする機会も増えそうだ。少し前の環境に戻ったというだけなのに、ひどく憂鬱だと感じるのは中條さんといる時間にストレスを感じなかったからなのだろう。

「……最近は暑いですから、滑川さんのお店もお忙しいんじゃないでしょうか？」

「だめじゃん、枕までしといて。ちゃんと身体でつなぎとめておかないとさぁ」

興味本位の質問をかわして新たに話題を振ったつもりが、無視されてしまう。私が嫌がる話題であるとわかっていながら、滑川さんはなおも下世話な話を続ける。

この人が気に入らないキャストに対して暴言を吐くのはいつものこと。私は比較的好かれているほうだと思っていたけれど、しばらく中條さんからの指名が入ったことによってフリーで来店する彼のテーブルに着けなくなったので、面白くないと思われ

たのだろう。理不尽だけど、そういうめちゃくちゃな嫉妬を抱くゲストは少なくない。

「それとも マグロだから飽きられちゃったのかな」

「……私、そんなことしてません」

ウイスキーの水割りを作る作業に集中して、全部聞き流そう。そう思っていたのに、聞くに堪えない台詞が飛んでくれば否が応でもその手が止まってしまう。

「へぇー。じゃ、ヤらせてくれないから期待外れだったんじゃないの？ その太客、お前のこと、簡単な女だと思ってたんだよ」

「そんな人じゃありません」

胃の下が熱くなるような感覚がした。私はマドラーをアイスペールに戻してから、鬱憤を晴らすかのごとく私を嘲罵しながらにやつく彼の顔を見つめて言った。

「私が悪く言われるのはまだ我慢できます。でも、他のお客さまのことを悪く言わないでください。その人はそんな人じゃありません」

滑川さんが私を悪しざまに言うのは仕方がないことだと受け入れられる。でも、中條さんのことまで言われるのは嫌だった。

——中條さんはそんな下卑たことを考えるような人じゃない。

「はぁあ？ お前、客に命令すんの!?」

その瞬間——彼の薄笑いの貼りついた表情に、激しい怒りが点火した。

「きゃっ!」

彼のために作っていた水割りのグラスをひったくると、私の頭の上からそれを浴びせた。冷たい液体と氷が、まとめ髪から首元、胸元から腹部まで、または背中へと伝い、オレンジ色のドレスに染みを作っていく。あまりのショックで、口が利けなくなってしまった。

「……酒でも被って冷静になっとけよ。俺は系列店の店長とはいえ、金払ってる客なの。お、きゃ、く、さ、ま。わかる?」

タバコの匂いのする顔を近づけられて、一音ずつ区切って訊ねる滑川さん。口元は歪められて笑みを形作っているのに、目はちっとも笑っていなかった。

「お前みたいな売れねぇキャバ嬢はちょっと金持ちに気に入られたら勘違いするから困る。なにさまだよ。俺に命令すんな、ブス!」

「どうされましたか」

異変に気付いた黒服がテーブルに駆け付ける。すると滑川さんは私を指差して吐き捨てるようにこう言った。

「この女今すぐチェンジして。客に悪態つくキャストとか最悪でしょ。ちゃんと教育してよ」

「し、失礼しました――なずなさん、こちらへ」

周囲のテーブルからの視線が肌に突き刺さるようだ。私は黒服に促され、バックヤードに引き返したのだった。


「――で、話はわかったけど。どうして滑川さんに言い返したりしたの」

「……すみません。そのときは、つい反論したい気持ちが先行してしまって」

バックヤードに戻ってすぐ、店長がやってきて事情を聞かれた。それらにすべて正直に答えると、店長は疲れたようなため息をもらした。

「あの人の性格、なずなちゃんならわかってるでしょ。黙ってにこにこしておけば穏便に済む人なの。頼むからさ、面倒ごと増やさないでくれる?」

「……申し訳ありませんでした」

私の対応ミスなのかもしれないけれど、水割りを浴びせてきたのは滑川さんだ。

それなのに謝らなければいけないのが納得いかないけれど、争う気力はなかった。

店長がことなかれ主義であり、主体的に動こうとするタイプではないのをエリカちゃんの件でよくわかっている。私は、素直に頭を下げた。

「だいたいなずなちゃんの件では僕も大変な思いを――」

なにかを言いかけた店長が、慌てて口をつぐんだ。

「……あ、いや。これは言っちゃいけない約束だった。なんでもない。とにかく、その格好じゃ仕事にならないでしょ。今日はもう上がって」

「……わかりました。お疲れさまでした」

店長はそれだけ告げると、そそくさとバックヤードを出ていってしまった。

……収入のことを考えるともう少し働いていたかったけれど、このお酒くさいドレスでは確かに無理か。今日のところは帰るしかない。

私服に着替えながら、滑川さんに言われた言葉のひとつひとつを思い出してしまう。

「マグロ」だとか「お前」だとか「ブス」だとか――どの言葉も傷つくけれど、いちばん怒りが湧いたのはやはり中條さんに対する誹謗だろう。

――中條さんは私の身体が目当てで指名してくれていたんじゃないのに！

時間が経っても、思い出すたびに腹が立つ。

店長の言う通り、滑川さんの話なんて聞き流せばいいとわかっていたのに、スルーすることができなかったのは、自分でもなんでだろう、と思う。

中條さんのことを悪く言われたくない。言われたら見過ごせないし、許せない。

……それは私にとって彼が大切な人であることの証明なんじゃないだろうか。

わかったところで、どうすることもできない。彼のほうから私と距離を取っている以上、そのままにしておいたほうがいい。極道を生きる彼を、これ以上好きになってはいけないのだ。

滑川さんとのもめごとがあってから、本人の希望もあり、私は彼のテーブルにつくことを禁じられてしまった。

私にとって重要な役割だった滑川さん対応の機会を完全に失うと、ただでさえ待機の多い私は、完全にお荷物の状態となってしまった。そのため、頻繁に出勤調整をされることに——つまり、キャストの人数が足りている日は出勤を制限されるようになったのだ。夏時期は学生のアルバイトなどで気軽に働き始める女の子が増えるから、そのせいもあるのだろう。

店長にはとにかくトラブルを避けたいという意図があるだろうから、定期的にふらりと訪れる滑川さんの視界に私が入る機会を減らしたいと思ったに違いない。滑川さんがあそこまで激怒したのは初めてだったから、彼も焦ったはずだ。自分の店で理不尽なもめごとを起こされたのだから怒っていいはずなのに、できないのが店長の性格なのだ。

しかし店長ときたら、中條さんに指名をもらっていたときはすごく愛想がよかったのに、彼が姿を見せなくなった途端に冷たくなるなんて、あんまりな対応だ。そういう人であるのは承知していたけど、傷つかないわけじゃないのに。でもそれも私の努力不足が招いたことだと言われればその通りだから、文句は言えないか。

『Rosa Rossa』と『Rose Quartz』。同じ薔薇でも、居心地のよさは雲泥の差だ。

居心地悪いほうの薔薇に出勤できない日が増えると、焦りを感じ始めるようになった。出勤できないと収入が減り、借金を返すという目的を果たすまでの期間が延びる。

どうにかしてお客さんを獲得しないといよいよ辞めるしかなくなる。七年目で指名客のいないキャバ嬢を雇ってくれる良心的なお店がすぐ見つかるとは限らないので、ありとあらゆる手段を使って結果を残さないといけない。けれど、そのチャンスを得られる機会も減ったし、どうすれば――

身の振り方に悩んでいるなか出勤したある夜、待機スペースに座っていると――エントランスに滑川さんが到着したのが見えた。

「へぇー、お前まだ店にいたんだぁ。最近すっかり見かけないから、辞めさせられたのかと思ってたわ」

滑川さんはわざわざ私が座るソファの前にやってきて、大きな声で挑発してくる。挨拶くらいはするべきかと思ったけれど、店長から彼とは会話をするなと釘を刺されている。であれば、彼がテーブルに案内されるまで貝になっているしかない。

「なぁブス、お前だよ。お前に話しかけてんだけど。聞こえないわけ?」

うしろで黒服がテーブルに案内しようと声をかけるのを無視して、滑川さんはなおも悪辣な言葉を使って大声で呼びかけてくる。周りで待機するキャストはもちろん、周囲のテーブルのゲストやキャストも私たちに注目しているのが、ヒソヒソと噂する声ですぐわかった。

「無視すんなよブスのくせに。そんな態度だから客がつかないんだろ」

膝に載せている手をぎゅっと握る。多くの人たちの前で罵られる屈辱感に打ちのめされそうになるけれど、嵐が過ぎるまではと、ただ歯を食いしばって俯いた。

「お前みたいなムカつくブス、潔く落ちるところまで落ちればいいのに。キャバクラなんかよりも割りのいい仕事紹介してやるよ。ソープなんてどうだ? 指名ほしさに股開いてるヤツにはお似合いだろ、もっとも、マグロじゃ務まらないけどな」

「っ……！」

私の反応が得られないことが彼の加虐心を煽ったのか、言葉のナイフの鋭さは増すばかりだった。

――あまりにもひどい。どうしてここまで言われなきゃならないの……？

悔しくて涙がこぼれそうになるのをぐっと堪える。ここで働き続けるためには、これくらい聞き流さなきゃ。

彼はただ、私を攻撃したいだけなんだから。同じ土俵に立っちゃだめだ――

「い――いらっしゃい、ませ」

対応に苦慮した黒服が、新しい客の存在に気付いて背後を振り返って言った。その瞬間、表情をこわばらせる。

「あっ……」

私と、待機席にいたキャストたちも驚きのあまり小さく声をもらした。

黒服のうしろに立っていたのは――中條さんだった。

「あなたですか。この人に口汚い言葉を浴びせていたのは」

フロアの手前でのいざこざは、エントランスにも届いていたらしい。

中條さんは黒服の横をすり抜け、私と滑川さんの間に割って入ると、この人、と私を示しながら静かに訊ねた。

「あ？　なんだ、あんた」

「私の質問に答えてください。彼女を傷つけるような暴言を吐いていたのはあなたですか？　と訊きました」

いつもと同じスーツ姿で、私が彼を迎え入れたときに見せてくれる微笑みを湛えたままの中條さんが、もう一度、むしろさっきよりも丁寧な口調で訊ねた。

「だったらなんだよ！」

私に感じていた苛立ちをそのまま中條さんにぶつける形で、滑川さんが喚く。

すると、中條さんの眼差しに研ぎ澄まされた刃のような鋭さが宿った。その瞳で滑川さんを睨みつけると、滑川さんが着ている目が覚めるような黄緑色のTシャツの肩口をぐっと摑み、額がつきそうなほど顔を近づけた。

「俺の女にめったな口利いてんじゃねぇぞ、お前――」

威迫的で重みのある低音が、その場の空気を凍らせる。直後、中條さんが滑川さんの耳元でなにかを囁いた。

周りには聞こえない微かな声に滑川さんの両目が大きく見開かれ、憤りに満ちていた表情が一瞬にして恐怖に塗り替えられる。

中條さんの唇は――『殺すぞ』と、紡いだように見えた。

端整な顔立ちの中條さんだからこそ、鬼気迫るものがあった。とても酒宴の場とは思えないほど、辺りが静まり返る。しばし流れる、沈黙。

「なずなさん指名で、ＶＩＰルームお願いします」

その空気を断ち切るかのごとく、摑んだ肩を放した中條さんが黒服に言った。先ほどまでの高圧的な雰囲気はどこかに消え、普段の彼がそうであるように、控えめでいて朗らかに。

「はっ、はいっ……なずなさん、お願いします」

黒服は声を上ずらせながら私を促した。

「ご……ご案内します」

顔面蒼白で細かく震えながらその場で動けないでいる滑川さんをその場に残し、私は中條さんとＶＩＰルームへと向かった。

彼がいつも座っていた奥のソファを勧め、そのとなりに腰を下ろす。

「騒がしくしてしまって申し訳ありませんでした」

すると開口いちばんに中條さんが深々と頭を下げた。

「恥ずかしながら、頭に血が上ると口が悪くなってしまって。……目の前でなずなさんが侮辱されているのが、どうしても我慢できなかったんです」

下げていた頭を上げ、反省の意を示すように口の端をきゅっと結ぶ中條さん。

「営業妨害までしてしまったとは、申し訳ない限りです」

「営業妨害？」

「その……ああいうことを言ったら、他の客が指名しにくくなってしまいますよね」

――ああいうこと。……『俺の女』というフレーズのことだろう。

……意識したら急に恥ずかしくなってきた。中條さんはきっと、私をかばうためにそう言っただけなのだろうけど、言葉の意味を深追いするとドキドキしてしまう。

「なずなさんの迷惑を考えずに、つい気持ちが先行してしまいました。本当に、なんと言ってお詫びしたらいいか……」

「お詫びなんて。……あの……私、迷惑になんて思ってません。むしろ――うれしかった、です」

私は両手を振って答えながら、自分の顔が熱くなっていくのを感じていた。

「中條さんが私のことを思って、怒ってくれたことが……うれしいって思いました。中條さん、ここにはもちろんランチにも来てくださらないし……もしかしたらもう会えないのかもって思ってたので、なおさら」

　口を開くと、自分の感情が驚くほどすらすらと音になっていく。

　植野さんのときみたいに、まるで別人ではと思うほど恐ろしい空気をまとっていた中條さんに驚かなかったと言えばうそになる。それでも、普段はまったく怒りの感情なんて見せない彼が、私のために怒ってくれたことが、シンプルにうれしかったのだ。

　……私、やっぱり中條さんがいないとだめなのかもしれない。

　いつも横に座って、心地いい時間を提供してくれていたのは、キャストである私ではなく彼のほうで。彼がそばで微笑んでくれることで癒されたし、心強くも思えた。仕事であるのを忘れてしまう瞬間も、一度や二度ではなかった。

　私のなかのつらい記憶を、楽しいそれに塗り替えてくれたのも彼だった。あの縁日の夜を中條さんと過ごせたことで、私の心に長年、無意識のうちに居座っていた寂しさという魔物を追い払ってくれたように思う。

　私はただのキャストで、彼はゲスト。おまけに彼は極道の世界を生きる人だ。幾度も幾度も繰り返して自分に言い聞かせてきたから痛いほどわかっている。でも、どんなに抑え込もうとしても募っていく想いを、なかったことになんてできない。

　私は決意を固めるように彼の顔をまっすぐ見た。

中條さんがゲストだろうが、ヤクザの人であろうが関係ない。私は、中條紘という この人のことを、もっと、もっと知りたい。『Rosa Rossa』でも『Rose Quartz』でもない場所で――彼と微笑み合える関係になりたい。

「なずなさん？」

高ぶる感情が、視線を通して届いたのだろう。中條さんが小さく私の名前を呼んだ。

緩く弧を描く形のいい唇。高い鼻梁。はっきりとした二重に、黒々とした瞳。彼を構成するすべてのものが、美しくて愛おしい。

「……私、中條さんが好きです」

言ってしまったという背徳感と、やっと言えたという達成感が絡み合った複雑な感情が胸に迸った。

久しぶりの恋は、中條さんが愛してやまないティラミスみたいな味がする。甘酸っぱいチーズクリームと、苦みの強いココアパウダーとエスプレッソが織りなす切ない味。大人の恋愛は、甘いことばかりじゃないのだろう。

それでも伝えたことに後悔はなかった。だって、中條さんを想う気持ちは確かなものであると自覚したから。

「私も、なずなさんのことが好きです。……そうでなければ、うそでもさっきみたいな言葉は言えません」

「中條さん……」

胸のなかで甘苦しい感情が弾ける。中條さんもまた、私を想ってくれていた——もしかして、との淡い期待が実体を持ち始めると、自然と頬が緩んだ。でも——

「あなたが好きです。だから、私のことは忘れてください」

「え……？」

頭をガツンと殴られたような衝撃を受けた。彼は険しい表情で私を見つめながらさらに続ける。

「私と深くかかわれば、あなたが不幸になるのが目に見えています。あなたが好きだからこそ、これ以上一緒にはいられません」

「待ってください、でも、そんなの——」

——ふたりで過ごしてみなければわからないことだ。彼が危惧する内容は、もちろん私も真っ先に考えたことだからよくわかる。そのために彼を好きにならないよう、気持ちにブレーキをかけていたのだから。

けど……やっと自分の気持ちに確証を得たばかりの私には、納得がいかなかった。

溢れ出る感情を吐露しようとする私を、片手を私の前に差し出して彼が制する。

「この十年近く……裏社会に足を踏み入れてから、私はたくさんのものを諦めてきました。だから断言できます。私と一緒にいると必ず不幸になる。仮に今はそう思えなくても、いつか後悔するときがやってきます。そのときにお互い傷つくなら、今のうちに離れるべきなんです」

噛みしめるように告げる中條さんの言葉には、彼自身の経験に裏付けされた重みがあった。そして、絶対に私を受け入れまいという確固たる意志。

「じゃあ……どうして今日、ここに来てくれたんですか……？」

離れたほうがいいというなら、どうしてわざわざ会いに来てくれたのか。口に出さないだけで、中條さんも私と同じように、ゲストとキャストという一線を越えたいと思っているのではないか。

「あなたに紹介したい仕事があったんです。これを見てください」

彼はスーツの胸ポケットから自身のスマホを取り出した。シンプルな黒いカバーのついたそれを受け取ると、画面にはカフェらしき店舗のウェブサイトが映っている。サイト内のギャラリーには、清潔感があって落ち着いた店内風景と、提供されているドリンク類や軽食の画像が掲げられている。

「深夜営業のカフェです。ここは私が地回りをしている店で、客層は主にキャバクラやホストクラブの従業員とその客ですが、酒類の提供はしていないので雰囲気はそんなに悪くありません。この店では今、平日の厨房兼ホールのスタッフを急募しています。キャバクラを辞めて、このカフェで働く気はありませんか？」

予想だにしない提案だった。私は反射的にスマホから顔を上げた。

「……私は、借金を返さなくてはいけなくて……」

「それはわかっています。だから待遇は変わりません。同じ時給で結構です。私が直接店長に話をつけたので心配いりません」

「で、でも……普通のカフェなんですよね？」

「もちろん普通のカフェです」

「それなのに、好待遇すぎませんか？」

キャバクラの時給が高いのは、それ相応の理由があるからだ。嫌な気持ちにはなりつつ、それでも収入のためと我慢してきた。深夜営業だからとはいえ、いわゆる普通のカフェで働くだけで同じ待遇が手に入るなんて、なんとも信じがたい。

「……私は、あなたが夜の世界で苦しんでいるのをそばで見てきました。つらいなら辞めたっていいんです。あなたの笑顔を求めている場所は他にもある。……私が余計なことを言って働きにくくなってしまったこともありますし、これを機にまっとうな仕事で借金を返してください」

　せっかくの彼の厚意を受け取るべきなのは理解している。けれど。

「……ありがとうございます。カフェのお仕事は興味がありますし、やりがいを感じられそうですけど……仕事内容に対してあまりにも条件がよすぎて、申し訳ないです。だから、お受けできません」

　私のなかにいるもうひとりの私が、「甘えてはいけない」、「頼ってはいけない」と強く訴える。誰かを頼らず、自分の力で考え、乗り越え、解決しなければ、と。

　中條さんが笑ったので、不思議に思い彼を見つめる。彼は「いえ」と首を振った。

「真面目ななずなさんらしい反応だな、と。……不快に思われたらごめんなさい。あなたなら、そう言うかもと思っていたので」

　彼の私を見つめる眼差しに、情熱的で力強い光が点る。その光を湛えたまま、中條さんは再び口を開いた。

「できることなら、あなたが抱えている問題をこの手ですぐにでも解消したいところですけれど、なずなさんは遠慮しそうですから。だからせめて、こういう形でなら引き受けてくれるかなと思ったんですが」

「中條さん……」

「なずなさん――いえ、芹香さん。私はあなたを誰よりも大事に思っています。あなたの借金が一日でも早く返済されることを祈っている。……だからこれが、私のあなたを想う気持ちと思って、協力させてくれませんか」

一点の曇りもない真摯な瞳を見てわかった。この人はただ私を助けたいという情動に突き動かされて、こんな申し出をしてくれているのだ。私が慣れない水商売を辞めて、得意分野の仕事で借りたお金を返していけるようにと。

そばにいられない代わりに――想いを遂げられない代わりに。それはまぎれもなく、彼の愛情に他ならない。

――やっぱり、彼のなかに私とともに歩んでいくという選択肢は存在しないんだ。真摯でいて隙のない物言いに、彼の覆らない強固な意思が見て取れた。

なら、私が取るべき行動は決まっている。

「……わかりました。ありがとうございます」

彼なりの愛情を素直に受け取る。それがその愛情に報いることなのかもしれない。考えに考えて導き出した結論を伝えると、中條さんはホッとしたように微笑んだ。

「中條さんの厚意に恥じないように、そこで一生懸命働いてみようと思います」

「こちらこそありがとうございます。……あなたが理不尽に傷つくことなく、安全に働ける場所を提供できてうれしいです。これでもう安心ですね」

「……はい」

彼の言葉にうなずきつつも、私の心に空いた穴に、冷たい隙間風が吹き込んでくる。

――これで中條さんとのつながりは切れてしまうのだろう。彼が望んだことであり、私自身もそれを受け入れたとはいえ、これでよかったのかという憂苦が根を張り始める。

ごく近い将来、それが後悔に変わることを知らない私は、少しの間中條さんと事務的な会話を交わしたあと、いつも通りに彼を見送ったのだった。

# 6

「ありがとうございました！」

二十六時、最後のお客さまを見送ると、私は店の入り口に出ているアクリルパネルの看板をしまいに外へ出た。暑さが多少和らいだとはいえ、九月下旬の空気はまだ肌にまとわりつくような感じがする。

ＬＥＤのライトに照らされたパネルには『cafe sparkle（カフェスパークル）』と店名が書かれている。それを店内に入れ、締め作業に入る。

「小林さん、お疲れさま。あとはこっちでやっとくから上がっていいよ」

厨房にいる店長がねぎらいの声をかけてくれるけれど、すぐに締められるように作業は粗方済ませている。たった今出ていったお客さまのコーヒーカップを片づけ、テーブルを拭くだけでいいようにしておいたから、数分もかからないだろう。

「ありがとうございます。でもほとんど終わってるので、最後までやっちゃいます」

手早く片づけを済ませて厨房に入ると、人懐っこい顔をしている店長の真田（さなだ）さんが両目を細めた。

「いやー、小林さん、ホントにいいよ。いい。マジで助かってる。仕事覚えるの早いし、いろいろ気付いてくれるし。毎日ありがとね！」

「いえいえ、お役に立ててるならよかったです」

「めちゃ立ってるよ。……正直、中條さんのテリトリーのキャバから来る女の子って聞いて、ちょっと心配してたんだけど、小林さんみたいな子なら大歓迎だよね」

真田さんは私が着ているのと同じ黒いユニフォームの袖を捲った腕を組んで、思い出すみたいな仕草をして言って笑った。私も微笑みを返しつつ頭を下げる。

「ありがとうございます」

「あ、明日も朝からイタリアンのホールなんだよね。じゃ、睡眠時間確保できるうちに帰ってね。お疲れさまでした」

「お疲れさまでした」

ダブルワークをしていることは真田さんに伝達済みだ。だからか勤務後は気を使ってなるべく早く私を帰そうとしてくれるのがありがたい。私はバックヤードに引っ込んで、着替えを始める。

キャバクラを辞め、深夜営業のこのカフェで働き始めて三週間が経った。中條さんの説明通り、ごくごく普通のカフェでの接客はストレスフリーで楽しい。たまにお酒を飲んだあとの来店で対応に苦慮するお客さまもいるけれど、となりに座って接客するよりも精神的にはずっと楽だと感じている。勤務中、胃がキリキリする瞬間もないし――つくづく今まで無理をしていたのだな、と思う。

『cafe sparkle』の夜間の営業時間は、十八時から二十六時。勤務の時間帯はキャバクラのときとは大きく変わらない。むしろ終わりの時間がきちんと決まっている分、カフェのほうが睡眠時間の心配をしなくて済むのがいい。

……が、一時間の休憩が入るにしても、その間ずっと立ちっぱなしでホール業務か簡単な調理を担当することになるので、体力的には大変だ。足が棒のようになって翌日起きるのがつらい日もあるけれど、それを差し引いても以前よりずっと働きやすい職場であると感じている。

茶髪にピアスでいかにも若者らしい店長の真田さんも、とても接しやすい。「小林さん」と苗字で呼ばれる職場も久しぶりで、新鮮に感じている。

彼は私の働きを褒めてくれていたけれど、こんなにいい条件で働かせてもらうのが本当に心苦しいと思うくらい、素晴らしい環境で働かせてもらっている。こんな職場を紹介してくれた中條さんには、心から感謝している。

ここで働き始めて一週間が経ったころ、中條さんが一度だけ様子を見に訪れてくれた。滞在時間は十分にも満たないほどだったけど、私が問題なく仕事をこなしている姿を見て安心したみたいだった。それ以来、彼の姿を見かけていない。

素敵な職場に巡り合うことができ、このまま並行して働き続けていれば、そう遠くない未来に借金を返し終える目途がつきそうだ。滑川さん対応を外れてからのキャバクラは、出勤調整もあって月ごとの収入の見込みが立てにくかったのもあり、きちんと働けば給与を確約してくれるのがうれしい。私にとってのいちばんの悩みから解き放たれる日が近づいているのは、なによりもよろこばしいことだ。

――それなのに……気持ちが晴れない。

昼も夜も、お店の扉が開くたびにある人の影を期待してしまう。そんなことはあり得ないのに、その人――中條さんが現れるのを心待ちにしてしまっているのだ。

もうかかわりを持たないことを条件に、このお店を紹介してもらったわけだし、あのときの話しぶりを思い出すに、きっと中條さんの気持ちは揺るがないだろう。

今さらなのはわかっている。……けど、中條さんに会いたい。

もう一度、私の名前を呼んで……優しく微笑みかけてほしい。

「芹香ちゃん、これ俺が頼んだやつじゃないね」

「あ……」

翌日のランチどき、鷹石さんの前に置いたペスカトーレを見て、彼が言った。そうだ。さっき注文を取ったとき、鷹石さんは確かにアラビアータを選んでいたはず。

「すみませーん！」

「芹香ちゃーん、今のカウンター六番さんのやつね！」

行き違いに気付いた赤井さんが、厨房からこちらを見て声をかけてくれたので、声を張って謝った。

「珍しいね、間違えたりするの。どうしたの、疲れてない？」

「ごめんなさい、ボーっとしちゃって」

鷹石さんにも謝って、ペスカトーレをカウンター六番さんのもとへ運ぶ。

――昼も夜も働き通しでは疲れていないとは言えないけれど、何年も同じ生活をしていたらそれなりのサイクルができるものだ。

塞がらない心の穴。心もとなくそこに吹きすさぶ冷たい風を感じて気分が落ちかけるも、店のドアベルが鳴れば身体は条件反射とばかりに扉のほうへ向く。

「いらっしゃいませ――」

憂鬱を振り払うように、普段よりもやや大げさに言った――ときに見えたのは、ここ最近はご無沙汰にしている顔ぶれだった。かったるそうに店内に入ってくるのは、白と黒の色違いのジャージを着た今どきのやんちゃな若者ふたりと、錦鯉が全面にプリントされた、一度見たら忘れられないようなシャツを着た、ヤンキーのリーダー格がそのまま大人になったような男性。

「作田さん……信市くんと、泰成くんも」

「久しぶりだな、三人なんだけど、入れる？」

指を三本立てながら、作田さんが八重歯を見せて笑う。

「はい……あの、テーブル席にどうぞ」

この店の客層とはかけ離れている彼らだけれど、断る理由はない。私はふたりがけのテーブル席ふたつをくっつけて、彼らをそこへ案内する。

「Bランチ三つ。全部アラビアータとティラミスで。デザートは自信作らしいからな、ふたりとも期待しとけ」

「はいっ！」

作田さんがメニューも見ずにオーダーすると、弟分ふたりの声はやはりきれいにユニゾンした。

「なずなさんの自信作、楽しみです！」

「バカ、そっちの名前で呼ぶなって言ったろ」

私に気を使ってくれたのか、信市くんが力強くそう言うと、すかさず作田さんが厳しめに突っ込む。

「あっ、すみません」

テーブルにつくのではないかと思うくらいに勢いよく頭を下げる信市くんに、私は「気にしないで」と片手を振った。

「作田さん、ありがとうございます。覚えててくれたんですね」

前回食べたメニューも。デザートを私が作っているということも。あまり興味のないことには無頓着なタイプだと思っていたから、少し意外だった。

「まぁね」

作田さんはちょっと得意げな言い方でおどけてから、急に声を潜めた。

「……で、こっちが本題。ちょっとでいいから、オレたちに時間をくれないか」

「私、ですか？」
作田さんはもちろん、信市くんも泰成くんも同時にうなずく。
「……今は営業中なので、終わってからでも構わないなら」
作田さんたちが私にどんな用事があるのか見当はつかないけれど、顔見知りという
には気心が知れすぎた彼らのお願いなら、聞かないわけにもいかない。
私が答えると、作田さんはニッと笑いながら片手の親指と人差し指をくっつけて、
マルのサインを示してみせる。
「OK、OK。お安い御用だ。じゃ、終わるまでティラミスでも食べながらゆっくり
待たせてもらうわ」
「はい、しばらくお待たせしますが、よろしくお願いします」
夜の街の匂いがする三人組の来訪は、少なからず『Rosa Rossa』の空気を緊張感
のあるものに変えているけれど、彼らのほうも場をわきまえ、周囲に配慮したボリュ
ームで会話を交わしてくれている。
その後も慌ただしいランチタイムの波を乗り切り、私は気を利かせてくれた赤井さ
んにいつもよりも早めに上がらせてもらった。

三人に連れて来られたのは、駅から直結の複合商業施設。低層階にはショッピングモールやレストラン街やクリニックが入っているけれど、十階以上はオフィスの名前が並んでいる。オフィス専用エレベーターで二十一階に下り、美人な受付スタッフが三人並ぶエントランスを抜け、作田さんたちに挟まれる形でグリーン系のいい香りがする廊下を歩いていく。

「すごくきれいなオフィスですね……」

「ここが『沓進』の東京第一支店。なかなか立派だろ」

さすがは『沓進』。感心していると、前を歩く作田さんがこちらを振り返った。

「はい。私、こういうところに出入りしたことがないので恐縮しちゃいます。こんないかにも普段着みたいな格好で来て、浮いてますよね」

仕事中はユニフォームなので、最近の服装には特に気を抜きがちな私。しかしボーダーのTシャツとデニムというのは、年ごろの女性としてはあまりにも適当すぎる格好だ。とはいえ、オフィスに似つかわしいスーツなんて持っていないのだけど。

「なか覗いて見てみな。オレたちみたいに肩の力が抜けた服装のヤツも多いから」

作田さんが、左右に等間隔に配置されている扉の細長い小窓を示して言った。それぞれがオフィスフロアらしい。そのうちのひと部屋の小窓を覗いてみる。

「ピシッとしたスーツのザ・ビジネスマンと、いかにもガンつけてきそうな輩が混在した空間ってのも珍しいよな。オレらはもう見慣れちまったが」

……確かに。ちょっと異様に映るけれど、事前にフロント企業と聞いていればそういうものなのかな、と思えた。

「ここ借りてるから、入って」

ひとつ先の扉には小窓がなかった。扉の脇には応接室との表記がある。作田さんはその部屋に私を案内する。うしろのふたりも同じ部屋に入り、泰成くんが扉を閉めた。

オフィス全体がそうであるように暖色灯が照らす室内。その中心に、八人がけの長テーブルに、肘置きのついた黒いレザーの椅子が置かれている。それ以外の備品は、向かって奥の壁に埋め込まれたモニターと、逆サイドに飾られた絵画――風神雷神図だ。こういうところにちょっと極道を感じると思ったけど、口には出さなかった。

勧められた奥の椅子にかけると、作田さんがその正面に座る。残るふたりは、作田さんの背後に控える形で、壁際に並んで立ったままだ。

彼らに「座ってください」と声をかけたほうがいいのか――と悩んでいると、作田さんが「あのさ」と話を切り出した。

「美雪ちゃんから店辞めたって聞いてびっくりしたよ。なに、別の店に移ったとか？」

「いえ……キャバクラ自体を卒業したんです」

てっきりその辺の事情は中條さんから聞いているかと思ったのに、彼は知らない風だった。私が答えると、合点がいったと言いたげに大きくうなずいた。

「なるほど。そういうことか。……いや、今日なずなちゃんを呼んだのは、紘のことを話したかったからなんだ」

作田さんが珍しく真面目な顔で前傾しつつ『紘のこと』と言うと、うしろのふたりもやや引き締まった表情になる。

「最近のアイツ、マジで元気なくてひどいんだ。抜け殻よ、抜け殻。まぁエリートらしく仕事中はしっかりしてるんだけど、それ以外の時間がてんでだめなの。オレは絶対、なずなちゃん絡みだなって確信したね」

いつか、極道に入った経緯を教えてくれたときのことを思い出した。そのときみたいな真剣なトーンで、彼が続けた。

「……前にも言ったけど、紘、なずなちゃんに惚れてるはずなんだわ。だからキャバ辞めてゆっくり飲める機会がなくなったのが寂しいんだろうよ。昼間も会おうと思えば会えるんだろうけど、なずなちゃんも忙しくてそれどころじゃなさそうだしな」

そこまで言うと、彼はおもむろに椅子から立ち上がった。そして、ダークブラウンのフロアマットが敷き詰められた床に膝をついたと思ったら、その場にひれ伏す。

「さっ、作田さん⁉」

「頼む、この通り！　紘の女になってくれ！」

「なずなさん！　お願いします！」

作田さんだけじゃない。うしろのふたりも床に手をつき、額を擦り付けんばかりにこうべを垂れている。

「ちょっと――信市くんと泰成くんまで……！」

――これは……土下座というやつなのではないだろうか。

「や、やめてくださいっ！　頭を上げてくださいって」

ヤクザの人たちに土下座をさせている。これはとんでもない話だ。

焦った私は跳ねるように椅子から立ち上がると、まずはひれ伏す作田さんの前に跪いてその肩を揺する。でも、作田さんの頭は微動だにしなかった。

「いや、悪いがなずなちゃんからいい返事を聞くまでは意地でも上げられねぇ。大事なダチの幸せのためだ。なずなちゃんだって、紘のこと好きっぽかったじゃん。オレたちに免じて、紘の女になってくれよ」

「違うんです！　あの……私、フラれてるんですって」

「え？」

こうなったら彼らに経緯を打ち明けるしかない。私の言葉に、ようやく作田さんが聞き耳を持ってくれたようだ。怪訝そうに問いかけながら顔を上げる。

「……作田さんのおっしゃる通り、私、中條さんのことが好きでした――というより、今も好きです。そして中條さんも私と同じ気持ちでいてくれているのだと思います。でも、自分と一緒にいると不幸になるから……忘れてほしいと言われました」

言いながら、『Rose Quartz』で中條さんと気持ちを伝え合ったときのことを思い出していた。『好きです』の言葉は、幸せな結末に紐づいていると信じ込んでいた。お互い好き同士でも成就しない恋があることを、私は身をもって理解したのだ。

「それ以来、お昼も顔を合わせていないです」

「じゃあ、紘は……自分からなずなちゃんと距離を置いたってことか？」

作田さんの唇から、呆然とした声がこぼれた。私がうなずく。

「再就職先を斡旋してくれたのも中條さんなんです。キャバクラを辞めて、まっとうな仕事ができるようにと、深夜営業のカフェを紹介してくれて……」

「……紘のヤツ、真面目すぎんだよ。そんなにカタく考えなくたっていいのにさ」

ハッ、と短く息を吐くと、作田さんはのろのろと身体を起こした。それを見たうしろのふたりも、やはり覇気のない動作で起き上がる。

「中條さんらしいですよね。私も彼の立場だったら、どんなに相手を想っていても、いろいろなリスクが頭を過るでしょうから。……だからなにも言えませんでした」

「そういうことだったのか……」

椅子に座り直した作田さん。そのうしろで寂しそうに俯く信市くんと泰成くん。

すべては中條さんが自分で決めたことであるから、私に打つ手はない。それを彼らもわかっているからこそ、もうこれ以上はどうにもできないのだと悟ったのだろう。

だからこれだけ落胆しているのだ。

「……悪い。時間だけ取らせた感じになって」

「いえ、とんでもないです」

ため息とともにそう吐き出す作田さん。私は首を横に振った。

中條さんと話したあのとき――それでも「一緒にいたい」と気持ちをぶつけてみたのなら、違う未来が待っていたのだろうか。

まるで自分のことのように肩を落とす三人を見つめながら、遡れるはずのないその瞬間に思いを馳せるのだった。

『cafe sparkle』では、最近コーヒーフロートやティーフロート、オレンジフロートなどアイスクリームを浮かべたドリンク類が人気で、よくオーダーが入る。もちろん、定番のクリームソーダも同様。残暑に加え、お仕事後のキャバ嬢やホストの来店が多いので、お酒を飲んだあとの火照った身体にアイスクリームの冷たさが心地よく感じるからなのだと思っている。

今会計を済ませて出ていったふたり組もそうだったに違いない。客席から下げてきたロンググラスを洗浄機にセットしながら、私は小さくため息を吐いた。

『最近のアイツ、マジで元気なくてひどいんだ。抜け殻よ、抜け殻』

作田さんの言葉が耳から離れない。中條さん、誰が見てもわかるくらいに落ち込んでいるということなのだろう。それは私と会わないと決めたことが影響しているからかもと、うぬぼれてしまう。

——本当にこのままでいいの？　後悔しない？

私がなにかアクションを起こさなければ、意志の固そうな中條さんのこと、このまま本当に顔を合わせることもなくなってしまいそうだ。

もう二度と中條さんに会えないなんて――耐えられるの？

ふとした瞬間に彼のことを思い出しては、会いたい思いを募らせているのに？

「小林さん、バニラアイスの在庫ってどうだったっけ」

お客さまが全員帰ったタイミングで、厨房を覗いた真田さんに訊ねられる。私はフリーザーの扉を開け、アイスクリームの容器の個数と中身を確認した。

「あ、今使ってるので最後です。残り四分の三くらいですかね」

「明日も季節外れに暑いって言うし買ってくるね。補充したいものもあるし」

「私行ってきましょうか？」

こういうときは下っ端が動くべきと思って訊ねてみると、真田さんはとんでもないとばかりに慌てた調子で口を開く。

「なに言ってるの、こんな夜中に女性ひとりで買い物に行かせるわけにはいかないよ。すぐ戻るから、少しの間だけ店番よろしく」

そう言っている間にも、真田さんはユニフォームを脱いで近所にある業務用の食材を扱うスーパーに行く準備を始めている。

「はい。ありがとうございます」

私は真田さんを見送りながら、ついさっきグラスを引き上げたテーブルを拭くためにホールに出た。ふたりがけのテーブル席と四人がけのテーブル席、合わせて二十席程度だけど、埋まるのはせいぜいその半分程度だ。

多くの人が自宅で過ごす時間帯だから仕方がないのかもしれないけど、自分の収入にも直結するので「これでは売り上げが……」と不安になってそれとなく真田さんに訊ねてみたことがある。すると、このお店は夜の飲食店をいくつも経営するオーナーがそこで働く従業員の憩いの場として作ったらしく、利益は度外視しているらしい。本業の調子がいいこともあり、しばらくなくなる心配はなさそうだ。

テーブルを拭き終えたそのとき、背後の扉が開く音がした。

「いらっしゃいませ……っ」

その人物の顔を見て、思わず息を呑んだ。

糸のように細い目に、ツートンカラーの個性的なヘアスタイルに無造作な髭。

——滑川さんだ。少し痩せて明らかにやつれた顔をしているけれど、何度もとなりに座って接客していたのだから間違えるはずがない。

「……やっぱりここにいたのかぁ」

彼は私と目が合うなり、粘着質な笑みを浮かべた。

「やっと見つけた。……なぁ、どうしてくれんだよ、おい」

一歩、二歩。よたよたと店内に入ってきた彼は、声を震わせながら私に近づいてくる。異様な雰囲気を察知した私は、彼が近づいてきた分距離を保とうと後ずさる。彼との間にはふたつ並んだふたりがけのテーブルを挟んでいるものの、距離としては三メートル程度しかない。滑川さんはそのふたつのテーブルの間を割り、さらに近づいて来ようとする。

「お前の太客、あの店の地回りしてる菊川組のヤクザだったんだってな。アイツに睨まれたおかげで仕事はクビになるし、今まで俺を慕ってた女の子たちも離れていった。最悪だよ。……お前がアイツに指示したのか？」

「そ……そんなことしてません」

「うそつけ……俺に腹を立ててアイツに頼んだんだろ！」

身に覚えのないことなので否定すると、滑川さんが目を剝いた。怒りに満ちた地鳴りのような声に怯えつつ、さらに下がろうとして——もう、後がないことに気が付く。

「俺がさんざん目をかけてやったのを忘れたのか？　恩を仇で返すなんてとんでもない女だな。初心そうな顔して、俺がこうやって苦しんでるのも笑ってんだろ？」

壁際にぴったりと背中をつけながら、私は首を横に振った。けれど、興奮状態の滑川さんにはなにを言っても届かないみたいだ。

彼の怒りはますますヒートアップしていくばかり。焦点の合わない目で私を見つめながら、唾を飛ばし「あはは」とヤケになったみたいに笑っている。

「大した女だよ！　お前のせいでひどい目に遭った。俺の人生めちゃくちゃだ。なのにお前はちゃっかり太客の女になって、キャバから足洗って。……悪いけど、そんなに都合よくはいかないからな」

吐き出す恨みつらみはただの八つ当たりだ。そうわかっていても、追い詰められたこの状況で反論すればさらに相手を刺激することになる。

まるでゾンビのように生気のない、おぼつかない足取りで、滑川さんは確実に私との距離を詰めてくる。

——どうしよう。どうにかこの危機を乗り切る方法を考えなくちゃ。

不得手なキャバクラでの受け答えだって、考えることで解決してきたんだから。考えて。滑川さんにはどんな言葉で、どんな態度で接したらいい？

必死に答えを導き出そうとするけれど……だめだ。頭が全然回らない。

滑川さんの形相が視界に張りついて——怖い……心臓が張り裂けそう……!!

「お前のこともめちゃくちゃにしてやるよ。どうせ俺には失うものなんてないんだ。

俺をこんな目に遭わせたことを後悔させてやる！」

気が付いたら、滑川さんはすぐそばで私を睨んでいる。恐ろしい台詞を吐きながら、怒りに震える両手が私の顔に伸びてきた。

「きゃあっ――!!」

嫌だ。怖い。触らないで！

恐怖が頂点に達して叫声を上げる。せめてもの抵抗に自身の顔の前で両手を交差させた。こんな防壁が無意味であるのはわかっているけれど、素直に顔へ触れられるのはあまりに耐えがたかったから。

誰か助けて――中條さん……!!

閉じた瞼の裏に、フラッシュを焚いたように想い人の顔が浮かんで、消えた。

「……？」

――あれ……？

両手でガードしたままの私は、逆上している滑川さんが動きを止めたことを不思議に思って、恐る恐る目を開けてみる。

「な……中條さんっ……！」

――するとそこには、床で伸びている滑川さんと、彼を見下ろしながら肩で息をしている中條さんの姿があった。

スーツのよく似合う、優しい笑顔の中條さん。……私の好きな人。

「――間に合ってよかった……！」

腕の防御を解いてぽかんと彼を見つめていると、中條さんが眉根を寄せ、噛みしめるようにして言う。

「……どうして、ここに？」

「『Rose Quartz』の店長から電話がありました。この男が芹香さんの行方を嗅ぎまわって、お店のキャストたちにしつこく連絡をしてくると。そのなかの誰かが、うっかり口を滑らせて教えてしまったらしいんですね。そのキャストが店長に申告したことで、私に相談されたというわけです。……その、店長は私とあなたがそういう関係だと思っているので」

店長がそう思い込んでいるのも無理はない。それこそ、滑川さんとひと悶着あった日、中條さんは『俺の女』と啖呵を切っていた。店長はその場にいなかったけれど、黒服からでもキャストからでも、そういう話は耳に入るだろうから。

このカフェで働くことを教えたのは、マコちゃんしかいないから、おそらく情報の出どころは彼女なのだろうけれど……普段の彼女の様子から察するに、悪気はなかったのだろうと思うから、敢えてその部分には触れなかった。

「怪我はないですか？　嫌なことはされませんでした？」

「はい、中條さんが助けてくれたおかげで……」

うなずくと、一瞬だけ彼の顔が泣きそうに歪んで見えた。それから、私を奪うみたいに力強くかき抱く。

「……よかった、本当に。あとちょっと遅かったら、間に合わなかったらと考えたら……気が狂いそうです。無事で本当によかった」

耳元で聞こえる中條さんの優しい声に、張りつめていた緊張が、涙腺が緩んでいくのを感じる。中條さんの体温を感じながら、目頭が熱くなった。

「──っ、く……ううっ……」

実のところ、泣くのは同情を求めているみたいで、あまり好きじゃない。なるべく嗚咽がもれないように、ワイシャツの胸元に顔を埋めた。

──中條さんの匂い。すごくホッとする。

危機は脱し、中條さんが現れたことで安全は確保されたのに、涙はちっとも引っ込まない。これは多分、恐怖の涙とは違う。もう会うことはないと思っていた大好きな人に再び会えたという、うれし涙なのかもしれない。

中條さんはしばらくの間、背中を優しく撫でてくれた。それはまるで、子どもをあやすときにも似ていた。絶対的な安心感のある温もりに抱かれて涙が乾くころ、私は軽く仰ぐようにして彼の様子を窺った。刹那、彼は慈しむような微笑みを向ける。

「何度も……何度もあなたを忘れようとしました。でも、やっぱり無理でしたね。芹香さんが危険な目に遭ったときは私が守りたい。……他の男には指一本でも触れさせたくない」

「中條さん……」

穏やかな声音で告げられる情熱的な台詞に、左胸が甘く疼いた。

「私、ずっと後悔してました。自分の気持ちをはっきり伝えなかったこと。……『一緒にいると不幸になる』と言ったあなたに、あの場で反論しなかったことを」

溢れ出す情動に突き動かされながら、心にしまい込んでいた気持ちを解放しようと決めた。そうすれば、私のいちばん大切な人を失わないで済むような気がしたのだ。

「──だから今言いますね。どんな形でも構わないから、中條さんと一緒にいたいです。一緒にいることで不幸になんてならない。だって私、中條さんといるときがいちばん幸せでいられるんですから……」

「……芹香さん」

中條さんの指先が、私の頭をふわりと撫でる。もう迷いはないと言わんばかりにまっすぐ私を見下ろす彼の瞳には、私のシルエットが映っている。

「あなたに出会えてよかった。大好きですよ」

「……私も」

――中條さんに出会えてよかった。私とは違う正義を掲げて生きている人だとしても、それでも――あなたを想う気持ちは変わらない。

彼の大きな手が私の後頭部を掬うと、ゆっくりと彼の顔が近づいてくる。

ほんの数秒後に起こるできごとはなんとなく想像ができた。初めてではないのに、内心ドキドキして頭の中身が弾け飛んでしまいそう。けれど、私は目を閉じて中條さんの唇を受け入れた。柔らかな感触と温もりは、彼とともに歩む未来が深い愛情と安らぎに満ちていると教えてくれているようだった。

# 7

芹香さんの仕事終わりを待って、彼女の家まで車で送る予定だった。

ストーカーみたいな滑川という男が訪ねてきたせいで、恐怖を感じているはず。あの唾棄すべき男は二度と彼女に近づけないよう、きつくお灸を据える手配をしたからいいとして、問題は芹香さんのメンタルのフォローだ。襲われかけてショックを受けているだろう彼女を、家に着くまではひとりにしたくなかった。

二十四時、買い物から帰ってきた店長が彼女を慮って「今日はもう休んで」と言ってくれたので、さっそく車を走らせた。車内で交わす言葉はそんなに多くはなかったけれど、突然のできごとにまだ動揺しているのかもしれないし、そんな状況で無理に喋ってほしいとも思わない。

個人的にも……となりに彼女がいるという事実だけで、十分だった。

そろそろ目的地に着くころ、彼女がいやに真剣な調子で「あの」と切り出した。

「……お店で話してくれたこと、本当、なんですよね？」

「もちろんですよ。本当です」

「じゃあ……これからはお店ではなくて、個人的に会ってもらえますか？」

今まで通っていたのは俺のほうなのに。どうしてか、芹香さんの声の調子が弱くなる。お互いの気持ちを確かめ合ったあとだから、断るはずもないというのに。

「芹香さんが許してくれるなら」

「……よかった」

細く長い息を吐いてから、芹香さんがつぶやく。

「もう二度と会えないかもって覚悟してました。だからすごくうれしいです」

タクシーと違い、自分が運転手を務める場合のいいところは、こういう込み入った話をふたりきりでできることだ。悪いところはそのときの相手の顔を見られないこと。

残念に思っていると、歩道の前の赤信号に差しかかる。車が止まったタイミングで、芹香さんがまた「あの」と切り出した。今ならばと、彼女のほうを向く。

「改めて、その……よろしくお願いします」

恥ずかしそうに言いながら、頭を下げる仕草に左胸が切なく疼く。……かわいい。

「はい。よろしくお願いします」

彼女をまねて、俺も頭を下げた。

信号が青に変わり、再び発進する。ほどなくして、芹香さんに教えてもらったアパートの前に到着する。

もっと一緒にいたい気持ちもあったけれど——彼女の気持ちを考えたら、今はそうするべきではない。時間も遅いし、心身ともにゆっくり休むのが先決だ。

焦る必要はない。これからは、特定の店を介さなくても、お互いの意思で会うことができるのだから。

「それじゃあ、また——」

「中條さん」

助手席の扉を開けようと運転席のボタンに手を添えたところで、芹香さんに名前を呼ばれた。制するような響きを感じ、ボタンを押さずに自身の左側へ視線を向けた。

すると、芹香さんは自身のワイドパンツの裾を両手でぎゅっと握りしめていた。よく見ると顔が赤い。ルームランプの暖色灯の下でもわかるのだから、よほど緊張しているのだろう。

「……図々しいお願いなんですけど……もっと、一緒にいたい……です」

たどたどしく、恥じらいながら言う台詞に心臓を撃ち抜かれた。なおもけなげに言葉を紡ごうとする芹香さんの唇から、目が離せなくなる。

「やっと会えたし、想いが伝わったんだって思ったら……このまま別れるのが、どうしても……惜しくなってしまって」

「…………」

真面目な芹香さんのことだ。「もっと一緒にいたい」との台詞に、言葉以上の意味はないのだろう。それはわかっている。けれど、一生懸命に素直な気持ちを述べる仕草は、手練手管のホステスに誘惑されるよりも、ずっと蠱惑的で艶めいたものに感じた――少なくとも、俺にとっては。

「す、すみません、なに言ってるんですかね、私――忘れてください」

冷静になると、恥ずかしくて堪らなくなったのだろう。芹香さんは急に慌てだし、視線を俯けてしまう。見とれた俺が反応を怠ってしまったから、急に不安が襲ってきたのかもしれない。

「芹香さんが望むなら……私も、もっと芹香さんと一緒にいたいです」

先ほど呑み込んだ言葉を口にする。理性を働かせて、また今度時間を設けようと提案するのが正しいのだろうけれど、好きな女性にこんないじらしいお願いをされて平気でいられるような聖人君子ではない。

「それじゃあ、うちに上がってください。あまりおもてなしはできませんが」

「ありがとうございます。……でも、この辺りは菊川組の息がかかっている地域です。

私が組の者だと知っている人間は多い。あなたの家に出入りしているところを見られるのはよろしくない」

自宅に招いてくれる気があったということは、少なからず俺を信用してくれているからだろう。けれど、近所の住人に組の人間と通じていると思われれば損をする。芹香さんには迷惑をかけたくない。

じゃあどこに行くのがいいのだろう。どこか、飲食店に入る？　……いや。それだって、一緒にいるところを見られたら同じことだ。かといって、このまま車内で過ごすというのも窮屈だし。

「――うちに来ませんか」

……すぐに思いつく場所は俺の自宅しかない。

とはいえ、いきなり男の家に呼ばれるのも抵抗があるだろう。だから鈍い反応を見せられたらすぐに撤回するつもりだった。でも。

「いいんですか？　お邪魔しても」

芹香さんは意外にもその提案を受け入れてくれた。むしろうれしそうですらある。

「はい。……芹香さんが嫌じゃなければですが」

「全然、嫌じゃないです。……では、お願いします」

思わぬ展開に動揺しているのは、むしろ俺のほうなのかもしれない。

――かくして、俺は芹香さんを連れて自宅に向かうことになった。


「よかったら、どうぞ」

「ありがとうございます」

冷蔵庫にストックしていたミネラルウォーターのペットボトルを差し出すと、リビングスペースのソファにかけていた芹香さんが軽く頭を下げて受け取る。

水というのも味気がないかと思ったけれど、自宅で色のついたものはコーヒーしか飲まない。この時間であれば、昼間の仕事がある芹香さんにはコーヒーより水のほうがいいと思ったのだ。

「すみません……あの、夜遅いのについてきちゃって」

「いえ。……私も同じ気持ちだったので」

L字型のグレーのソファの中央に座る彼女の足元を見る。スリッパでも履いてもらうべきなのだろうが、あいにくこの家には人をもてなすアイテムがほとんど存在しない。彼女の座っているそのソファだって、本来の役割を果たしているのは久しぶりだ。

夜遅くの帰宅が多いので、普段はバスルームと寝室の往復でこと足りているのだ。

そもそもこの部屋に誰かが入るのも初めてだった。他人には言えない身分になってから、自分のプライベートな空間には極力人を入れないようにしていた。たとえ、同じ境遇である光平でさえも。

俺にとって自宅というのは、唯一本当の自分に戻れる場所。そこに誰かを招き入れることは、たったひとつの安らぎを失ってしまうような気がして。

「きれいなお部屋ですね。中條さんらしいというか」

芹香さんは興味津々といった様子を隠さず、部屋のなかを見回している。

「そうでしょうか」

俺は首を捻って笑った。整理整頓の感覚は世間一般から外れていないと思っているけれど、きれい好きかと問われれば胸を張って「はい」とは言えない。それでも芹香さんがきれいだという感想を持ったなら、まずは及第点といったところか。

彼女のとなりか、L字の角を挟んだ向こう側か――どちらに座るか少し悩んだけれど、自分の分のミネラルウォーターを持ったまま、辺の短い向こう側を選んだ。そこは引き出すとオットマンになり、ひとり分の椅子のように使うことができる。

オットマンに座ると、柄にもなくそわそわしてきた。帰宅して早々にスーツもベストも脱いだというのに、妙に暑い気がしてクーラーの設定温度を少し下げたりする。

自宅に芹香さんがいる、という光景にまだ慣れないのもそうだけど、芹香さんと過ごすとき、いつも彼女は俺のとなりにいて、真正面から顔を覗かれる機会がなかったから、というのも理由のひとつなのだろう。

「えっと、中條さん」

ペットボトルを抱きしめるように握っていた彼女が、ソファの前にあるガラスのローテーブルの上にそれを置いて、こちらをじっと見つめてくる。

「もうひとつ……中條さんに伝えそびれていたことがありました。前に中條さんに訊かれましたよね。『私が怖いですか？』って」

「……そんなこともありましたね」

植野の一件を、もちろん覚えている。あの日、妹の美雪さんから光平を通じ『Rose Quartz』に植野が来ると教えてもらい、俺たちなりの正義を貫いた。美雪さんが植野の妹だと知ったのは偶然だったが、これを利用しない手はないと光平に懐柔してもらい、こちら側に付いてもらったのだ。

兄貴分の金に手を付けるのはかなり悪質な裏切り行為。ゆえに俺たちの怒りも心頭だったから、普段よりも手荒な交渉だったのは否めない。できることなら芹香さんには見られたくなかったというのが本心だけど、俺たちが『Rose Quartz』に出入りしていたのは植野を捕まえるためだったので、避けられないできごとだったのだろう。

彼女の怯えた顔が蘇る。それが当たり前の反応だ。俺が投げた問いに答えられなくても、芹香さんを責める筋合いはない。

「あのときは、その……ああいう場面を初めて見て、びっくりしちゃって……答えることができませんでした。でも今は、怖くないってはっきり言えます」

きっぱりと言い切る芹香さんの口調に、迷いはなかった。

「中條さんは怖くないです。私はあなたが、いつも物腰が柔らかくて、丁寧で、優しい人であるのをよく知っています。それがあなたの偽りのない姿であることも。……それなのに、それを一瞬でも忘れてしまって……中條さんを傷つけたのかもしれないと思うと、胸が苦しいです」

愛らしい唇を悔しそうに噛み、目の前の大切な人が瞳を潤ませる。左胸に、じんわりとした温かな感情が、泉のようにとくとくと湧き出ていくのを感じる。

「芹香さんにそう言ってもらえるのが、なによりうれしいです。……ありがとうございます」

彼女の言葉に救われた俺は、深々とこうべを垂れた。両瞼に込み上げてくる熱いものを、きつく目を閉じることでやり過ごす。

「本当を言うと、大切な人に自分を受け入れてもらえることを諦めていました。これが自分の選んだ道なのだから仕方がないと」

一度裏社会に入り込んでしまったら、容易くもとの道には戻れない。その覚悟は、年月を重ねていくうちにより強固になっていっている。……つもりだった。

「でも……不意にどうしようもない寂しさが襲ってくるんです。ありのままの私を――俺を肯定してくれる人なんていない。そういう絶望感に打ちひしがれて、暗い気持ちになってしまうときもあります」

俺、と飾らぬ自分を示す言葉が思わずこぼれた。芹香さんになら、こうあるべきという要素で塗り固めた自身の鎧を脱いでもいいような気持ちに、自然となったから。

「私は……今の、ありのままの中條さんが好きです。だから、もっと教えてください。本当の自分をひた隠しにして生きていくのはつらいです。中條さんが生きる世界で、自分の素をさらけ出すことが難しいなら……私、私にだけは教えてください。本当の中條さんを。……受け止めさせてください」

芹香さんの台詞を聞きながらまた目頭が熱くなるのは、それがこの十年弱、俺がいちばんほしかった言葉だったからなのだと思う。

ヤクザである自分を肯定してくれる言葉。ありのままの自分を受け止めるという言葉。諦めたはずの幸せのひとつが――ここにあったのだ、と。

俺は立ち上がり、まずネクタイを外した。次いでワイシャツのボタンを外していく。

「え、ちょっと、中條さんっ!?」

急にシャツを脱ぎ始めたからか、芹香さんが視線を逸らし、焦った声を上げた。

困らせているかもと思いつつ、俺にはどうしても確かめたいことができたから、そのまますべてのボタンを外して、インナーと一緒に脱ぎ捨てた。

露になった上半身。俺はゆっくりと、彼女に背中を向けた。背中に飼っている龍を見せるために。

ひゅっと、うしろの芹香さんが息を呑む音が聞こえた。

「……いつか、状況が許せばカタギに戻れるかもしれない。そんな頼りなくて微かな希望だけが俺の支えでした。……でも、この刺青を入れたことで、俺が望む平凡な幸せは二度と手に入らないのだと悟りました」

一度入れてしまえば消えることのない、裏社会で生きていたことを示す証。どんなに外面を取り繕っても、この龍が相手の目に触れれば一気に信用を失ってしまう。

「同じ質問をもう一度しますね。……俺が、怖いですか?」

摑みかけた幸せをすべて手放す覚悟で、俺は訊ねた。

刺青には拒絶反応を示す人も多い。そういうものだと理解しているから、芹香さんに否定されてもなにも言い返すことはできないし、言い返すつもりもない。

布擦れの音がして、彼女が立ち上がり、俺の真うしろに立つ気配がした。

「私の答えは変わりません。中條さんは怖くないです」

淀みのない声で言い切ったあと、つ、と背中に冷たい感触がした。芹香さんの指であると理解するのに数秒を要した。細い指先は背中に描かれた模様をなぞるように、ゆっくりと下降する。

「刺青って、あまりちゃんと見たことがないんですが……きれいなんですね。精巧で、複雑で、迫力があって」

背中に吐息がかかる距離で、芹香さんが昇り龍を見つめている。感情を伴った感想は、彼女が興味深げに、しげしげとそれを眺めていることを示している。

「龍のデザインを選んだのは、なにか理由があるんですか？」

「……お世話になった兄貴分の名前、ですかね。竜の字が入っているんです」

俺をこの世界に引きずり込んだ張本人。彼の顔を思い出して言う。

できれば出会いたくなかったけれど、今となってはいちばん尊敬できて信頼のおける兄貴分。どうせ一生残る印を彫らなければいけないのなら、意味を持たせたほうがいいと思った。そこで浮かんだのが、竜司さんの『竜』の字だった。

「その人のこと、すごく信頼しているんですね」

語尾の雰囲気で笑っているのがわかった。ちょっと跳ねた声がかわいらしい。

「……怖くないんですか？」

どんな反応が返ってきてもいいように、覚悟を固めていたのに。俺が訊ねると、今度はふふっと確かな笑い声をこぼして彼女が言った。

「怖くないですよ。これは中條さんが極道の世界で一生懸命生きてきた証じゃないですか。その『竜』の人が中條さんを守ってくれているみたいで、素敵ですね」

三度目はもう、堪えきれなかった。声を殺しながら、俯けた瞳から熱い滴が一粒、二粒、零れ落ちる。

「……中條さん？」

顔が見えないから気付かれないかと思ったけれど、背中が震えてしまっている。

「ごめんなさい……」

好きな女性の前で泣くのは情けないし、そういう自分を晒したくないとも思うけれど、涙は止まらなかった。やっと本当の自分を認めてもらえた安堵とよろこびが心のいちばん奥を揺さぶり、もう諦めなくてもいいのだと教えてくれる。

「泣かないで。……今までの中條さんのつらかった気持ち、想像することしかできないですけど……こんな私でよかったら、これからは一緒に受け止めて、つらさや悲しさ、寂しさを共有していきたいです。どんな中條さんでも、大好きですよ」

「芹香さん――」

彼女の白い腕にぎゅっと抱きしめられ、スラックスのベルトの上に回ったその細腕にそっと触れた。クーラーで冷えた柔肌は冷たいのに、触れていると温かくて心強い。

――この人が愛おしい。俺が求めていた言葉を惜しみなく与えてくれる彼女と、身も心も、余すところなくわかり合いたい、と思った。

俺は頬にできた涙の跡を拭うと、優しく彼女の腕を解いて振り返った。湧き立つ情愛をぶつけるように愛する人をかき抱く。

「な、中條、さん……」

押し当てられた彼女の心臓が速いリズムを刻んでいる。恥じらうような、囁くような声がした。腕の力を緩めて彼女の顔を覗き込むと、のぼせたときみたいに蕩けそうで無防備な表情をしていて――理性が飛びそうになる。

「……もう送りますね」

それでもどうにか自制心を働かせ、腕のなかの彼女を解放する。

「今夜は……本当に、あなたに触れずに帰そうと思っていました。自宅に呼んだのがそういうつもりだと思われたくなかったですし、芹香さんが弱っているところに付け込むのも嫌だったので。……でも、これ以上触れ合っていると帰したくなくなる」

芹香さんの前では誠実な男でいたいし、即物的な関係にはしたくない。大事にしたい。それは、自分にとって特別な女性だからだ。彼女のほうも、気持ちを確かめ合ったからといって急に求められても戸惑うはずだ。

ところが、オットマンに脱ぎ捨てたシャツを拾い上げようとしたとき――芹香さんが俺の動きを制するみたいに、もう一度抱き付いてきた。

「……芹香さん？」

「帰さなくてもいいですっ……」

俺の胸に顔を埋めながら、彼女が消え入りそうな声で言った。

「こんなこと言ったら……軽い女だと思われるかもしれませんけど、か……帰りたくないです。私は、もっと中條さんに触れていたい……」

「芹香さん、それって――」

彼女が恥ずかしそうに一度うなずいた。頬を赤らめながら泣きそうに眉を下げる芹香さんの煽情的な表情に、わずかに残っていた理性が砕け散る。……彼女に言わせてしまった自分が、情けない。

「軽蔑なんてしません。……真面目なあなたが勇気を振り絞って伝えてくれたのに、それに応えないのはひどい男でしょう」

彼女も俺を求めてくれているのなら、よろこんで応じたい。私は彼女の頬を撫で、顎先にそっと触れ、視線がまっすぐ交わるように仰がせる。

「──愛しています、芹香さん。……俺だけのあなたになってくれませんか」

「……はい。私を、中條さんのものにしてください」

瞳を閉じる芹香さんの顎先を引き寄せ、キスをした。一度では足りずに、二度、三度。艶めかしい音を立てながら、柔く甘い唇を味わい、彼女を寝室に誘った。

──明かりを消した部屋に響く、熱を帯びたふたりの吐息。背中の龍に爪を立て、かわいらしい嬌声を上げる芹香さんを見下ろしながら、俺は、長く暗いトンネルのなかで摑んだこの幸せを放すまいと強く思ったのだった。

■□■

──こんなにぐっすりと眠れるなんて、珍しい。

七時半。アラームの音で目が覚めると、まだ働きの鈍い頭でぼんやりと思う。組の構成員になってから、夜中に目覚めることが多くなった。特別、悪夢を見るとかではないけれど、自分自身に我慢を強いている代償なのだろう。

ダブルベッドのマットレスはよく眠れるとの触れ込みで購入を決意したものだけど、俺とは相性が悪いのかあまり効果を感じられていなかった。それが、一度も起きずに朝を迎えるとは。

「ん……」

となりで眠る愛しい彼女が小さく呻いた。寝返りを打った拍子に俺の胸元に飛び込んで、仰向けの身体に乗り上げるような形になる。

――あどけない子どものような寝顔がかわいい。つい、無防備な唇にキスをしてしまう。……安眠できたのは、この人がとなりにいたおかげなのかもしれない。

「う、ん……？」

さすがに気付いただろうか。うっすらと瞳を開けて、何度か瞬きをしている。

「おはようございます、芹香さん」

「な――中條さんっ……」

数センチの距離で声をかけると、驚いた彼女の唇から掠れた声がこぼれた。多分、まだ状況を把握できていないのだろう。周囲を見回したり、お互いになにも身に着けていないことに驚いたり、俺の身体に乗っていることに気付いて慌てて降りたりしながら、ようやく昨夜の記憶とのすり合わせが完了したらしい。

「お、は、よう……ございます」

気恥ずかしそうに挨拶をする彼女に、改めて「おはようございます」と返した。

「昨夜の芹香さん……かわいかったですよ。すごく」

「っ……！」

羞恥を煽るためではなく、純粋な感想だった。困ったような、でも少しうれしそうな表情を浮かべる彼女を見ていると、抱きしめたくなる。思いが巡ったのと身体が動いたのはほぼ同時だった。昨夜、飽き足らずに触れた芹香さんの身体を抱きしめて、目元の泣きぼくろの上にキスを落とす。

「照れてるんですか」

「て、照れますよっ……な、中條さん……今までちっとも私に触れてこなかったのに、気持ちを伝え合った途端にスキンシップが増えたというか……」

ちょっと恨めしそうに聞こえるのは、彼女が俺に翻弄されていると感じているからなのだろうか。

「好きな女性には触れたいと思うのが男でしょう」

自論を肯定するかのように、今度はスタンプを押すみたいにちゅ、とリップ音を立て、額に口付けた。芹香さんは唇の感触を辿るように、額に軽く触れる。

「ずるい……」

照れに照れている芹香さんの顔は、ずっと眺めていたいほど愛らしくてそそられた。

「それはそうと——お互いに支度をしないとですね。シャワー、先にどうぞ」

彼女とじゃれていたいのは山々なのだけど、平日の朝は時計の進みが速い。今日が休日だったらよかった——もっと彼女との甘い時間を貪ることができたのに。

「ありがとうございます。お借りしますね」

芹香さんはベッドから這い出ると、その下に散った自身の下着や服を恥ずかしそうに拾いながら、シャワールームへと向かった。昨夜、ベッドで休む前にふたりでシャワーを浴びたから、勝手はわかっているはずだ。

俺はその背を視線で追いながら、一日の始まりに心が弾むなんていつぐらいぶりなのだろうと考えていた。

■□■

連絡先を交換し、いつでも会いたいときに電話なり、メッセージなりで約束を交わせるようになったことがうれしい。冷静に考えれば、指名客だった俺が彼女と連絡を取る手段がなかったのは不思議なのだけど、そういう商売っ気のないところも含めて芹香さんの魅力だと感じている。

そんな芹香さんと俺がお付き合いを始めて二ヶ月が経った。

ありのままの自分でいられる彼女との時間は、肩の力を抜くことができるのが心地よかった。極道に堕ちた自分への反発心なのか、外ではきちんとした自分でいなければという固定観念がある。自分の身分を隠すための処世術でもあるのだけれど、それが自縛になるというマイナス面もあった。芹香さんと過ごしていると、そういう外向きの自分を忘れて安らげる。

「紘くーん」

『沓進』のオフィス。毎週月曜の十六時にある定例ミーティングを終え、第一会議室を出たところで、光平に声をかけられた。

「ここしばらくの間、機嫌よさそうじゃん。なんかあった？」

「さあな」

光平は意外と人をよく見ていて、鋭いところがある。さすがだなと思いつつも、俺は敢えて知らんぷりをした。第一会議室のとなりは俺が常駐している支店長室がある。

「なずなちゃん――もとい芹香ちゃんとだめになってからのお前、悲壮感漂いまくりだったけど……もしかして、いい感じにまとまった、とか。つーか、抱いた？」

その扉に手をかけたところで、いつものよく通る声で光平が訊ねる。

――また、人聞きが悪い言い方をする。面倒を避けるため、ヘラヘラと軽薄に笑う光平の腕を摑んで、支店長室に引きずり込んだ。

「……そういう下種な言い方はやめろ」

部屋の明かりを点け、ため息とともに告げると、光平は「えっ！」とやけに高い声で叫んだ。……やはり連れ込んで正解だった。

「否定しないってことはアタリ？　マジで？」

うそをついても彼ならいずれ勘づくだろう。あとから騒がれるくらいなら今のうちに認めてしまったほうがいい。俺は小さくうなずいた。すると光平は予想通り「ひゅー」と囃し立てながら、満面の笑みを浮かべた。

「やったじゃん。お前らいろいろあったけど、結局モノにできたのかー」

「いろいろって……そういうの、光平に話したか？」

「あー、いやー……」

彼に芹香さんとの間に起きたことを話した覚えはなかった。疑問に思って訊ねると、光平は妙に焦った調子で「それより」と話題を変える。

「いつから付き合ってんの？」

「……二ヶ月くらい前かな」

「マジか。つーか早く言えよなー水くさい」

……口を尖らせた光平が肘で突いてくるのが地味に痛い。文句を言おうかと口を開くのを遮って彼が続けた。

「――でもホントよかったよ。芹香ちゃんは組のことにも理解ありそうだし。若衆からリアルに姐さんって呼ばれる日も遠くないだろうよ。未来の若頭補佐の女ってことは、オレもそう呼ばなきゃいけなくなるな、こりゃ」

『Rose Quartz』で植野の来店を張っていたとき、信市や泰成が彼女をそう呼んでいたのは覚えている。俺はそういういかにもな慣習が嫌いだし、芹香さんのほうも恐縮していたから断ったが、光平はそのことを指して言っているのだろう。

でも俺が引っかかったのはそちらではなくて――

「未来の若頭補佐？　俺が？」

「次の組長候補の若頭――竜司さんにいちばん目ぇかけられてるのは紘なんだから、順当にいけば三番手の若頭補佐だ。そしたら下っ端のオレたちは芹香ちゃんのことをマジで姐さんって呼ばなきゃいけないわけじゃん」

「………」

竜司さんが俺に期待をかけてくれているのは確かだろう。飲みの席に呼ばれてふたりで組や会社の話をするときも、将来を見据えた内容に触れられたり、組の幹部の娘との縁談を持ちかけられたりした。

――若頭補佐は組の執行部だ。任命されればいよいよ組からは抜けられなくなる。

芹香さんと付き合い始めてからずっと考えていた。彼女はありのままの俺を――極道の人間である極道の人間である俺を受け入れてくれたけれど、本当にこのままでいいのだろうか？

俺自身がそれをよしとしていないのに？

「紘？」

「え？　ああ、そうだな」

曖昧に返事をすると、光平は「じゃ、戻るわ」と言って支店長室を出ていった。残された俺は、ずっと決断を先送りにしてきた選択が迫っていることに焦りを覚えた。

リスクを負って組を辞めるか、このまま裏社会の人間として一生を過ごしていくか。

この道に入って三年目に、俺や光平の家族のことは見逃してくれると竜司さんが約束してくれた。あの一件はもう水に流すと。だから辞めるといってけじめをつけなければいけないのは俺だけのはず。

——芹香さん。やっと出会えた大切な人。彼女を守りたいし、幸せにしたい。

今の俺にできるのか？　他人に言えないしがらみを抱え、彼女の身を守れるのか？

……背徳感のない幸せを与えてあげることができるのか？

親の残した借金を返すため身を粉にして働く彼女に、これ以上つらい思いをさせたくはない。

芹香さんには——愛する人には、一片の曇りもない顔で笑っていてほしい。

その夜、俺は固い決意のもとに、竜司さんに電話をかけた。

「はい」

緊張に震える手で通話ボタンを押すと、竜司さんはすぐに応答してくれた。

「ご無沙汰しています。紘です」

「おう、紘か。どうした？」

畏怖のある、胸に響く声。けれどどこかに温かさを滲ませるその声に、ほんの一瞬だけ決意が揺らぐ。

……怯んだらだめだ。現状を変えるには、手遅れになる前に動き出さなくては。

――今度こそ、選択を間違ってはいけない。

「……竜司さん。いつでも結構なので、近いうち時間を取っていただきたいのですが」

「シノギでなにかあったのか？」

俺があまりに真剣な調子で言うものだから、ただごとではないと思ったのだろう。組の仕事の心配をする竜司さんに「いえ」と答える。

「――そういうことではないのですが……私自身の問題です」

会話にピリッとした空白が生じる。敏い竜司さんは、俺がなにを話すつもりなのか見当がついたのかもしれない。こういうことはオヤジさん――組長に話すべきなのはわかっているけれど、まずは俺を大事にしてくれるこの人に伝えるべきと思ったのだ。

「……明後日なら午後は事務所にいるから、仕事の都合がつきそうな時間に来い」

「ありがとうございます。では、明後日の午後に」

約束は明後日の午後。その日の夜、自分はどうなっているのだろう。五体満足でいられているのだろうか。いや、そもそも生きている保証だってないのかも。

それでも芹香さんとの確固たる幸せを手にするには、これしか方法がない。

俺はありとあらゆる可能性を考えながら、竜司さんと会うそのときを待った。

■□■

とうとう、約束の時間がきた。俺は『沓進』から目と鼻の先にある菊川組の事務所にいた。俺を迎え入れてくれた竜司さんは、応接室のソファに通してくれた。

「東京第一支店の売り上げはずっと右肩上がりだな」

「ありがとうございます。おかげさまで」

軽い挨拶のあと、俺のオフィスでの仕事ぶりを竜司さんが褒めてくれる。俺は頭を下げた。

彼のうしろには、護衛代わりの若衆が控えている。竜司さんほどの身分になると、他の組の構成員から命を狙われることもあり得る。今、周辺は穏やかだけど、いつ情勢が変わるとも限らない。

「俺の後釜にお前を推して正解だった。よくやってるよ」

子どもの成長をよろこぶ親のように竜司さんが笑う。

仕立てのいいモカブラウンのスーツにベージュのワイシャツ、ダークブラウンのネクタイ。茶系で統一した着こなしにはシックで、オールバックのヘアスタイルと相乗して色気がある。この人には、若いころから独特の洗練されたオーラを感じていた。

俺が『沓進』に入社したころ人事部の部長だった竜司さんは、二年後東京第一支店の支店長となり、さらに三年後、『沓進』本部にある支店統括部の責任者になった。『沓進』本部は都心の一等地にある自社ビルのなかにあるため、表の仕事で顔を合わせる機会はほとんどなくなってしまった。無論、他人に言えない仕事のときは相変わらずお世話になっているのだが。

「この調子でやってくれよ。『沓進』もそうだが、お前は菊川組にとっても必要不可欠な人間だ。俺が見込んだだけある」

「竜司さん、その話なのですが」

この言葉を口にしなければいけないときが来た。何度も思い浮かべては、音にしないまま終わった言葉。俺はソファから立ち上がると、その場で頭を下げた。

「――私は……この世界から、足を洗いたいと思っています」

竜司さんの眉がぴくりと跳ねたのと同時に、彼のうしろに立っていた若衆ふたりの顔色が変わった。

「お前、本気か？　……オヤジは知ってるのか？」

「オヤジさんにはまだ伝えていません。まずは竜司さんにと思って、時間を作っていただきました」

「…………」

竜司さんは口を真一文字に結んだまま黙り込んでしまった。

組長はもとより、この世界で実の兄のように慕っている彼に不義理をするのは心が痛む。彼のせいで正しい道から外れたのは確かだけれど、彼がいたからこそ魑魅魍魎の蠢く裏街道を生き抜いてこられたのも事実。

俺の決心が変わることはないけれど、世話になったこの人へ申し訳ない気持ちが込み上げて、胸が苦しくなる。

時間が停止したような静けさがしばらく続く。

止まった時計の針を動かしたのは、竜司さんの台詞だった。

「俺は今まで紘――お前のことを、本当の弟のようにかわいがってきたつもりだ。その恩を忘れたのか？　……自分がなにを言っているかわかってるんだろうな？」

「わかっています。竜司さんには本当にお世話になりました。感謝してもし足りないです。でも……それでも、気持ちは変わりません」

「極道から足を洗うってのは、生半可な覚悟じゃ許されねぇのも、お前なら当然わかってるよな？」

「はい。どんな制裁も覚悟しています」

兄貴分についていれば、組を辞めたいという人間が追い込みをかけられている場面に出くわすことも何度かあった。いずれも目を覆いたくなるような悲惨な様子だったけれど、虫の息の彼らの表情が安らかだったのが記憶に色濃く残っている。

「俺だってお前にこんなことしたくないが、組のメンツがかかってんだ。特に紘、お前みたいな有望株が抜けるとなると、若衆への影響も大きい」

俺は静かにうなずいた。ヤクザはメンツをなによりも気にする。第二の家族とも言える組に対する裏切り行為を容認するわけにはいかない。それなりのけじめをつけなければいけないということなのだろう。

「おい、お前ら」

「はいっ！」

竜司さんがうしろのふたりに声をかけると、彼らの背筋がぴんと伸びた。

「遠慮はいらねぇ。紘の覚悟がいかほどのものか、確かめてやれ」

背筋がぞくりと粟立つような声で竜司さんが言うと、ふたりは目を丸くした。

……それも当然だ。組のなかでは彼らよりも俺の立場のほうが上。ここは表の世界よりも縦の序列がしっかりしているから、彼らにとってはとても受け入れがたい命令に違いない。

「――やれ。いいか、本気でかかれよ。指だって腕だって、折れるものなら折ったって構わねぇ。組を辞めるっていうのがどういうことか、身体に教え込んでやれ」

ふたりがおどおどしながら竜司さんと俺とを見比べていると、竜司さんが厳しい形相で凄んだ。

「……はいっ！」

竜司さんの命令は絶対だ。若衆に拒否権なんてない。

俺はその場に正座をして、ゆっくりと瞳を閉じた。彼女の幸せ。それに連なる俺の幸せが手に入るのであれば、どんな痛みにも耐え抜いてみせる――

冬の始まりが見え始めた十二月上旬の十六時過ぎ。私は慌ただしく退勤すると、白い息を弾ませながら繁華街へ続く道を疾走していた。

目的地は繁華街の外れにある病院。理由は、ランチタイムの終わりごろに来店した作田さんから、衝撃の台詞を耳にしたからだ。

『紘、今大怪我で入院してるんだけど、知ってた⁉』

店内全域に聞こえただろう切羽詰まった声。それはもう、聞いた瞬間に倒れそうになるくらいびっくりした。と同時に、心配でいても立ってもいられなくなって、頭のなかが真っ白になる。

そこから退勤までの記憶がないのは、中條さんの容態が心配すぎてそればかりを考えていたせいだろう。早退させてもらうことも考えたけれど、中條さんと私がお付き合いをしていることを赤井さんは知らないし、私だけの都合でシフトに穴を開けることも躊躇われた。

だから勤務シフトの終わりの十六時を迎えた瞬間、私はダッシュで店を出て中條さんが入院しているという病院へと向かった。そこはわけありの患者が集まる病院として知られているらしく、キャバクラに務めていたときに他のお客さまから周辺のヤクザご用達と聞いたことがあった。

年季の入った建物に足を踏み入れる。受付の初老の女性に病室番号と中條さんの名前を告げると、存外にあっさりと通してくれた。

さすがヤクザご用達の病院。細かいことは気にしないスタンスに彼らも助けられているのだろう。エレベーターで三階に上がり、三〇三号室。個室らしいその部屋の前には、ちゃんと『中條紘』と手書きの名札が下がっていた。ノックをすると、「はい」と返事が返ってくる。——中條さんの声だ。

「失礼します！」

断りを入れて引き戸の扉を開けると、視線の先に飛び込んできたのは、リクライニング機能のついたベッドの上で上体を起こし、頭や左腕、右足を包帯でぐるぐる巻きにされている中條さんの姿だった。彼は私を見るなり、その黒い瞳を大きく瞠った。

「芹香さん……どうしてここに」

「作田さんに教えてもらったんです。そんなことよりその怪我ですよ！　いったいどうしたんですか⁉」

扉を閉め、彼の横たわるベッドの前に駆け寄る。怒るつもりはなかったのだけど、いざ怪我の具合を目にすると、こんな状態になっているなら教えてくれたらよかったのにという感情が溢れてしまう。

「光平ですか。……まいったな。芹香さんにはこんなみっともない姿、見られたくなかったんですが」

中條さんは三角巾で吊った左腕に視線を落としてから、きまり悪そうに眉を下げる。よく見ると、額や頬にもところどころ擦り傷があった。

「……けじめをつけました」

「けじめ？」

「組を抜けるための、です」

組を抜ける——つまり、極道の世界から抜ける、ということ。私は彼の大怪我を目にしたときよりもより大きな衝撃を受け、言葉を失った。

「あなたと過ごす日々で安らぎを得るとともに、怖くなったんです。俺の境遇のせいで、大切なものを失ってしまうかもしれないリスクが常につきまとうということに。だから俺は……組を抜ける決意をしました」

「ごめんなさい……中條さん、私のせいでこんな……」

中條さんは責任感のある人だ。私のために、こんな大変な目に遭ってまで組を辞める覚悟を決めてくれたとは——申し訳なさが募って、言葉に詰まる。

「誤解しないでください。自分の意思で決めたんです。俺はあなたを守りたかった。

俺と一緒にいることで、あなたを危険に晒したくない。だから組を抜けると決めた」

緩く首を振ると、中條さんは瞳を細めた。入院しなければいけないほどの大怪我をしているのに。彼は普段と同じか、むしろそれ以上に落ち着いているように見える。

「あの……無事に……抜けられたんですか？」

極道の世界は、一般人が勤め先を退職するみたいにスムーズに辞めることはできないと聞く。私の問いかけに、中條さんはちょっと遠くを見つめる。

そして、記憶を辿るように「あのとき――」と、静かに語り始めた。

■□■

若衆ふたりは竜司さんの命令を忠実に守った。おかげで俺は、事務所の冷たい大理石の床にみっともなく転がっている。四肢はもちろん顔や鼻からも出血しているらしく、傷んだスーツの袖や裾に点々と赤い染みが見える。

――身体がバラバラになりそうなくらいの痛み。というより、すでにどこかはバラバラになっているのかもしれない。全身が燃えるように熱くて、意識がもうろうとする。相手の手や足にも同じ痛みが生じていそうなほどに殴られ、蹴られれば仕方がないのかもしれないが。

「もう一度訊く。お前、組を辞めんのか？」

竜司さんの台詞が、水のなかにいるときみたいな不明瞭さを伴って聞こえた。そのくせ、そのぼんやりとした音は残響となって頭のなかをぐわんぐわんと回っている。

「……気持ちは、変わりません……」

床に這いつくばり、やっとのことで膝をついてこうべを垂れた。右足に電気が走ったみたいな激しい痛みを感じるけれど、気付かないふりをする。

「竜司さん……俺に、は……なにを、犠牲にしても、カタギに戻りたい事情が……できたんです」

なりふりは構っていられなかった。痛む腹の底から、もはや吐息に近い声を絞り出して懇願する。

芹香さんという存在。自分の人生に見切りをつけていた俺の目の前に現れた、唯一の希望。この人を守りたい。この人のために、まっすぐ生きていきたい。

ありのままの俺で——素顔の俺で芹香さんと過ごしていきたい。

「………」

肩で息をしている若衆ふたりのうしろで、ソファに座ったままの竜司さんが俺を観察するように見つめていた。

「紘。お前、いい顔になったな」

不意に竜司さんが口を開いた。ふたりきりで話すときと同じ、優しいトーン。

「組に入ったころからずっと、お前のそういう熱い顔は見たことがなかったかもしれねぇな。いつも涼しい顔して、なんでもソツなくこなす器用なヤツ。俺のお前に対するイメージだ。そのくせ他の若衆からも慕われてて、兄貴分にもかわいがられてる。世渡り上手で、頭が切れて、おまけにケンカも強い」

思い出話でもするみたいな穏やかな語り口の竜司さんが、そのあと「だけど」と低い声音で続ける。

「……お前がたまに見せる諦観した顔に気付かなかったわけじゃない。心を殺してシノギをしていたのも。……そういうお前だから、かわいがってたのかもな」

――竜司さんは気付いていていたのだ。極道に入って以降も、俺が進むべき道に思い悩んでいたことを。それでいて、実行に移せないでいることも。

ソファから立ち上がり、わざわざ俺のそばに跪いてくれる竜司さん。彼は俺としっかり視線を合わせてさらに続けた。

「甘んじて運命を受け入れようとしていたお前が、一念発起して組を抜ける決意をしたのには、それなりの事情があるんだろう。けじめはつけた。……普通の大学生だったお前の人生を狂わせたのは俺だ。せめてもの償いに、俺もオヤジに――組長に頭を下げてやるよ」

「竜司さん……」

菊川組を捨てるという俺の決断に物申すこともなく、組長に一緒に頭を下げてくれると約束してくれる竜司さんは、誰よりも優しくて懐の広い人だ。そんな彼に幾度世話になったか知れない。俺がこの組織のなかで最も信頼していて、尊敬している彼に、最後の最後まで助けてもらうことになるとは。

「ありがとう、ございま――」

――お礼を言わなければ。強くそう思いつつも、気が緩んだせいだろう。俺は意識を手放してしまったのだ。

「じゃあ……許してもらえたんですね？」

「はい。そのあと竜司さんに担がれながら、オヤジさんに――組長にも頭を下げに行きました。オヤジさんは竜司さんと同じで本当に温かい人で、『カタギの世界でもちゃんとやれよ』って、励ましてもらいました。……頭を下げるのも一苦労するくらいの出で立ちだったので、そう言うしかなかったのかもしれませんが」

中條さんが包帯を巻いた左手や右足を見て苦笑する。とことん制裁を受けたあとならば、黙認するしかないのかもしれない。

もしかしたら竜司さんという中條さんの恩人は、敢えて最初に中條さんを傷めつけたのかも、と思う。大きく揉めずに組を辞めさせるために。

「許してもらえてよかった——と言いたいところですが、やっぱり怪我の具合が心配です。包帯を巻いている以外のところも大丈夫なんですか？」

「ええ、こちらも痛いですが……骨には影響なしとのことです。運がよかったですね」

こちら、と視線で腹部を示して苦笑を浮かべる中條さん。

——よかった。本当に、よかった……。

「……無茶しないでください。なにごとかと思ってびっくりしちゃうじゃないですか」

作田さんから一報を聞いたときは心臓が止まりそうだったから、軽く詰るくらいは許してほしい。

「すみません。だから、黙っていようと思ってたんですけどね」

言葉通りすまなそうに頭を下げた中條さんが、不意に真面目な顔をする。

「……次に会ったら、あなたに言おうとしていたことがあったんです」

「は、はい」

和やかな空気がほんの少し引き締まる。返事をすると、彼の言葉の続きを待った。

「今の職場は……菊川組の影響力が強すぎるので、そちらも辞めるつもりでいたんです。それを聞いた組長が、俺に再就職先まで用意してくれました。今度新たに『沓進』の子会社として、建設現場に特化した人材サービスの会社を設立することになりました。そこの責任者をやってみないか、と。組長が俺を推してくれたのは、フロント企業のイメージを可能な限り抑えたいからだ、と言っていました。『沓進』本部の幹部は菊川組の人間が占めていますが、今度の子会社は警察のマークを逃れるためにも、組の存在を濃く押し出さないようにしたいのだと」

「いいお話じゃないですか！」

思わず胸の前で両手を合わせた。『沓進』の系列ではあるけれど、新天地が菊川組との繋がりを色濃く感じさせない場所であるなら、理想的ではないだろうか。

中條さんもそう感じているようで、「はい」と大きくうなずいてみせる。

「──ただ、新しいオフィスがちょっと離れていまして……飛行機の距離なんです」

「ええっ⁉」

「都内ではすでに競合がいるとのことで、地方から始めて感触を確かめたいらしいですね」

詳しい場所を訊ねてみると、関西地方の政令指定都市。確かに、おいそれとは会えない距離だ。

「……それで俺は、この話を受けようと思っています」

中條さんの再スタートをもっとよろこんであげなければと思うけれど、物理的な距離に戸惑ってすぐに言葉が出てこない。

大好きな彼と簡単には会えなくなってしまうことが──堪らなく、寂しい。

「もし、芹香さんさえよければ……ついてきてもらえませんか？」

落ち込みかけたそのとき、中條さんがちょっと緊張した面持ちで言った。

「あなたが抱えている事情はすべて知っているつもりですし、俺自らがあなたに新しい仕事を紹介した手前、非常に言いにくいことではあります。……俺のわがままなのは承知のうえです」

いつも穏やかで柔らかい雰囲気のある中條さんだけど、彼は心苦しそうに表情を曇らせ、視線を俯ける。

「人並みの幸せなんて諦めていました。ヤクザに堕ちた自分に嫌気がさして、ままならない運命を恨んだりもしました。でも、あなたがいてくれたおかげで……芹香さんを好きになって、カタギになる決心がつきました」

「……はい」

「さっき、ついてきてほしいって言いましたけど、軽い気持ちじゃありません。これから先の人生、誰かとともに一緒に歩いていくとしたら芹香さん以外は考えられないです。もしこんな俺との未来を信じてくれるなら……俺と一緒にいたいと思ってくれるのなら――」

中條さんが意を決したように顔を上げた。そして、私の目をじっと見据える。

「――俺と、結婚してください」

結婚してください。これって、プロポーズの言葉――で、合ってるのだろうか。

二十四年生きてきて初めての経験だし、まさか急にそんな申し出を受けるとは思っていなかったから、頭のてっぺんからつま先にかけて驚きという名の衝撃に支配される。うそ。本当？　……信じられない。頭がふわふわする。

——でも、待って。

「まだ返さなきゃいけない借金があります。それを返し終えるまでは……私だけ幸せになるなんて……」

脳裏に伯母や叔父の顔が浮かんだ。……十八歳の春に決めたんだ。私の人生は借金を返し終わってから始まるのだと。返済が終わっていないのに結婚だなんて、伯母や叔父からの信頼をさらになくしてしまいそうだ。

「わかっています。俺は芹香さんの背負っているものも一緒に請け負うつもりです。あなたの借金は俺が返します」

「だ、だめですっ、そんなの！」

私はひと際声を張り上げた。

「——中條さんに返してもらう理由がないです。これは私の母が作った借金ですから。私が返さないと」

「妻の借金を夫が返すのはそんなに変わった話ではないはずですよ。それに厳密に言えば、お母さまが作った借金をあなたが返さなければいけない義務もないのです」

「それは……」

妻とか夫だとかという単語にどきっとしつつ、彼の鋭い指摘に語勢が弱まる。それは伯母や叔父からも聞いた言葉だった。返すと決めたのは私。母が私を言い訳にしてお金を借りていたという罪悪感に耐えかねて、自分で決めたことだ。

「どうしても自分で返したいという意思があるなら、俺が一括で返したあとに、少しずつ俺に返済するというのはどうでしょう」

「中條さんに……ですか？」

「はい。俺たちが一緒にいる時間は長いはずですから。慌てて返す必要もないですし、芹香さんが大変だと思わないペースで、少しずつで結構です」

名案だとばかりに右手の人差し指を立てた中條さんが、その手を下ろしてまた表情を引き締めた。

「芹香さんと離れたくないんです。同じ気持ちでいてくれているなら、引っ越しを機にあなたと家族になりたい。……もっとも、俺はつい最近まで裏社会の人間だった男です。あなたが気が進まないというのであれば、きっぱり身を引くつもりで――」

「だ、だめです！」

続く言葉を遮って私が小さく叫んだ。

「身を引くなんてだめです。だって私も……中條さんと離れたくないから」

かぶりを振って言いながら――自分がどうしたいのか気付いてしまった。『身を引く』なんて聞いてしまって強い拒否反応が出た。ならば、私の答えは決まっている。

「……よろしくお願いします。私も誰かと結婚するとしたら、中條さん以外には考えられないです」

私は深々とお辞儀をして、プロポーズを受ける決心をした。

この人のいない生活なんて、もう考えられない。中條さんとふたりで過ごせば過ごすほど、私の人生に必要不可欠な人であると実感した。

中條さんが好き。もっとたくさんの時間を彼と共有したい。

「……よかった。傷は痛みますけど、気分は最高ですよ」

やはり緊張していたらしい中條さんは、安堵のため息をもらした。

――プロポーズを承諾したってことは……私と中條さんは婚約者になったんだ。

……そう考えたら、急に恥ずかしくなってきてしまう……！

「そ、そうですよね……か、身体が痛いと不自由なことがたくさんあると思うんです。私、買い物でもなんでもしますので、遠慮なく言ってくださいねっ」

照れるあまり、甘い空気にならないよう敢えて溌剌とした口調で言った。そんな私の様子に中條さんが噴き出すように笑った。

「お気遣いありがとうございます。でも、今のところ特に困ることはないんですよね。

買い物は信市や泰成がしてくれていますし」

組を抜けたとはいえ、それまでの人間関係がすべてリセットされるわけではない。中條さんを慕う彼らは、おそらく自分の意思で手助けをしてくれているのだろう。

「――あ。じゃあひとつだけお願いしてもいいですか？　芹香さんにしか頼めないことなんですが」

「はいっ！　言ってもらえればなんでもしますので」

大歓迎だ。信市くんや泰成くんのように、私も少しでも彼の役に立ちたい。

「……キス、してくれませんか？」

いつもの優しい微笑みを浮かべながら小首を傾げる中條さんに、度肝を抜かれた。

「え、こ、ここで、ですか？」

「だめですか？」

「だめとかじゃ……でも、看護師さんとか来ちゃうかもしれないしっ……」

思わぬ要求に慌てふためきつつ、私は病室の扉を振り返った。廊下から人の気配は感じられない。……今なら大丈夫、かもしれない。

恋人同士らしい触れ合いにもだいぶ慣れてきたけれど、照れるものは照れる。他人の目があるかもしれない場所なら特に。

私は上体を屈めて、ちょっと意地悪に笑う中條さんの唇にキスをした。すぐに離れるつもりだったのに、彼は右手で私の後頭部を押さえて、深く重なる唇を割り舌を差し入れてきた。私の舌を妖しく誘い出し、ぞくぞくするような快感を味わわせたあと、ゆっくりと解放する。

「……また芹香さんとこうして触れ合えて、すごくホッとしてます。最悪の事態も考えていたので」

実感のこもったつぶやきに、彼の言う『最悪の事態』を頭のなかで思い描いてみる。

中條さんがここにいるのは、当たり前なんかじゃないんだ。

「……中條さんが戻ってきてくれてよかった」

もじ彼がいなくなってしまったら、私はどうしただろう。想像しただけでも心が苦しくなって、泣き出しそうになる。堪らず、彼の身体を抱きしめ、首元に顔を埋める。

「ずっと一緒にいてくださいね。約束ですよ」

片手で私を抱きとめた中條さんが、私の背中をそっと撫でた。

「もちろんです。……これからもよろしくお願いしますね」

新しい場所での新しい生活を思い描きながら、私はいつしか抱いていた幸せな結婚をするという夢に一歩踏み出したのだと感じていた。

# 8

「じゃ、芹香ちゃんと中條さんの結婚を祝して、サルーテ！」

「サルーテ！」

鷹石さんの高らかな声のあと、その場にいる全員が唱和する。

十二月中旬のある土曜日の夜。『Rosa Rossa』ではお店を貸し切り、数名の常連さんたちと赤井さんが、私と中條さんの結婚&引っ越し祝いを企画してくれた。

遅くとも十二月中には移り住んで業務にあたってほしいとのことで、私と中條さんは駆け足でその準備を始めたのだ。当然、こちらの仕事はすぐにでも辞めなければならない。事情を話すと、赤井さんは無茶なお願いを聞き入れてくれたばかりでなく、お祝いの日程も早めてくれたのだ。

赤井さんのとっておきだというシャンパンでイタリア式の乾杯をして、グラスの中身をひと口飲んだ。お酒はランチタイムにはあまり出ないせいか、シャンパンやワインには詳しくないのだけど、上等なものであるのはわかった。

テーブルやカウンターに並ぶのは、赤井さんが腕によりをかけて作ったイタリア料理の数々だ。うちの店自慢のパスタはもちろん、ブルスケッタやカポナータ、フリッタータ、カチャトーラなど、どれもおいしそうだ。

私と中條さんを結び付けたティラミスも、デザートに用意している。これがこの店で提供されるのも、今日で最後だ。

「まさか本当にくっつくとはね～。なんだか自分の娘が嫁に行くみたいで寂しいよ」

シャンパングラスを持つのとは逆の手で涙を拭うまねをしながら鷹石さんが嘆く。

「鷹石さん、今までありがとうございました」

「そんなかしこまって言われると悲しくなってくるよ。もうホールでパスタを運ぶ芹香ちゃんを見れないなんてなー……」

たまに娘さんと私を重ねて見ているという彼が本当に寂しがってくれているのが伝わってくる。私自身もこの店で働き続けたいという意思はあったから、いざ辞めるとなると寂しさが募る。

「――でもいい男だから許すっ。中條さん、芹香ちゃんを幸せにしてやってくれよ！」

「はい、心得ています」

落ち込んだそぶりを見せていたのに一転、陽気に中條さんのスーツの背中をバシバシと叩く鷹石さん。お酒を飲んで気が大きくなっているらしい。

中條さんはその様子を見ておかしそうに笑いながら、しっかりうなずいてくれた。

いつも厨房でひたすら調理を担当している赤井さんも、今夜は表に出て常連さんたちと食事や会話を楽しんでいる。シャンパンを飲み干してしまうと、彼は大好きな赤ワインの封を開けていた。

「ランチタイムの大事な戦力を失うのは店にとって痛手だけど、いい人に出会えてよかったね。初めての場所で不安もあるかもしれないけど、向こうに行ってもふたりで仲良くやってください」

「はいっ！　ありがとうございます！」

赤井さんの激励に、私と中條さんが揃ってお礼を言った。

大好きな人と一緒だとはいえ、住み慣れた土地を離れるのは戸惑いや不安がある。でも頼りがいのある中條さんは、私の意見を存分に取り入れてくれながら、新居の決定から引っ越しの手配をしてくれたほか、「筋を通すのは大事なことだから」と伯母叔父への結婚報告も進んで計画してくれて、挨拶もかねてふたりのもとへ一緒に赴いてくれた。そう、彼は約束通り、私の残りの借金を返済してくれたのだ。

借金の完済に加え、私が結婚相手を連れてきたとあって、伯母も叔父もこれ以上ないほどよろこんでくれた。

もちろん、私のなかでは中條さんに「借りている」という認識なので、今後も引き続き働いて返済に励む所存だ。でも、今までのような焦りや切迫感からは解放されたので、だいぶ気持ちが軽くなった。

……中條さん、本当にありがとう。

私たちは出会いのきっかけとなった『Rosa Rossa』で楽しい夜を過ごし、お世話になった人たちとの時間を楽しんだ。

そして十二月下旬——私たちは婚姻届を提出して、新居で暮らし始めた。
結婚式については、新生活が落ち着いたら話し合うことになっている。とはいえ、お互いにわけありなので職場関係・友達関係で呼べるゲストは少ないから、ごく狭い身内だけで挙げることになりそうだ。
紘さんのご両親にもご挨拶をすることができた。紘さんに似た、とても温厚そうな方々で、結婚をとてもよろこんでくれた。この十年、紘さんが家に寄りつかないことを心配していたけれど、これからは徐々に距離を縮めていけるはずだ。だって彼は、もう極道の人間ではないのだから。

ひとり暮らしに慣れていた私にとって誰かと生活するのは久しぶりで、期待と少しの心配を抱えていたけれど、彼は夫となってからも変わらず優しく温かい。

苗字が中條に変わり、新居に移り住んで二週間が経ったけれど、頼れる人が誰ひとりしていない環境でも、心細さを感じずに楽しい毎日を送っている。

「おはよう、紘さん。起きて」

朝。スマホのアラームで先に目を覚ました私は、となりで眠る夫の肩を軽く揺する。

「ん……」

比較的目覚めのいい彼にしては、反応が鈍い。昨日ははるばる光平さんが遊びに来て、いつもよりもお酒を飲んだからかもしれない。繰り返し呼びかけてやっとうっすら目が開いた。

「時間だよ。ご飯作ってくるね」

「……ありがとう、芹香」

寝ぼけ眼で私を見ながら、紘さんは顔を覗き込む私の後頭部を引き寄せて軽くキスをした。……これが、彼との毎朝の日課になっている。

結婚を機に、私たちは他人行儀な口調や呼び方を改めることにした。お互いに丁寧語を禁止したり、一歩踏み込んだ呼び方に慣れないうちは逐一ドキドキしていたけれど、時間をかけて違和感なく話したり、名前を呼んだりできるようになってきた。

「すぐ支度するよ」

「うん。向こうで待ってるね」

私は部屋着とパジャマの中間のような、シルエットの緩い、淡いパープルのワンピース姿のままベッドを下り、キッチンに向かった。

新居は2LDKで、駅の近くにありつつコンシェルジュが常駐しているセキュリティのしっかりした五階建ての新築マンション。その最上階だ。毎朝目が覚めるたびに、「このきれいなお家が自宅……？」と信じられない気持ちになるけれど、暮らしていくうちに慣れるのだろうか。私ひとりでは到底住むことのできない部屋なので、紘さんのおかげだ。

今朝の朝食はバタートーストにハムエッグ、グリーンサラダ。食事は私の担当なのでもっと張り切って作りたいところだけど、「朝は軽めだとうれしい」との紘さんの要望があったので、品数を少なく、種類を変えて出すようにしている。

朝食を軽めにしているのには理由があって——彼は朝食のあと、私が作り置きしているティラミスを食べているのだ。彼が甘党なのは知っていたけれど、毎朝常にというのはなかなかハイレベルだ。……恐れ入った。

紘さん曰く「芹香に会えなかった一時期、会えないこともつらかったけれど、それと同じくらい芹香の作るティラミスが食べられないこともつらかった」とのことなので、こうして一緒に生活するようになってその分を取り返しているつもりなのかもしれない。……食後のコーヒーとともにティラミスを味わう紘さんの幸せそうな顔は、私にとっての幸せなので、全然構わないのだけど。

ふたりがけのダイニングテーブルに朝食をセットし終えたころ、着替えを済ませた紘さんがやってくる。スリーピースのスーツを着こなす姿は、出会ったときから変わらずカッコいい。自分の夫であるのに見とれてしまいそうになる。

「光平、ちゃんと帰れたって」

紘さんが手の中のスマホに視線を落として言った。

「よかった。ちょっと心配してたんだ」

「うん。だいぶ酔ってたしね」

「ふたりの新居にお邪魔したいんだけど、いいよね？」とひとりでやってきた作田さん。お昼から最終の飛行機の時間まで、ここで紘さんとお酒を酌み交わしていたのだ。帰りが千鳥足だったので気にかかっていたのだけど、無事に帰れてよかった。

「……で、宣言通り連絡先ブロックされたよ。だから、俺も消した」

「……そう」

さらっとした言い方だけど、内心、紘さんはとても寂しがっているに違いない。

作田さんは「オレとのかかわりを断て」と告げに来たのだ。一般人に戻った紘さんが、ヤクザの作田さんと接点があると知られれば立場が悪くなるかもしれない。そのせいで自分自身や私を危険な目に合わせる可能性があるなら、かかわりを断て、と。

作田さんはヤクザが性に合っているし、しばらくの間は極道で生きるつもりらしい。

『紘は紘の世界で頑張れ。接点はなくても、オレらズッ友ってやつっしょ』

……と、作田さんらしい台詞を残し、彼は幼い雰囲気を残す八重歯を見せて笑いながら、去っていった。

作田さんが、紘さんの人生を変えてしまった、という負い目があると話していたのを思い出し、きっとこれが彼なりの優しさなのだ。紘さんもそれをわかって受け入れたのだと思う。

……いつかまた、堂々と作田さんに会える日が来るといいのだけど。

「——そうだ、仕事決まったんだよね。今日からだっけ？」

意識的に話題を変えようとしたのだろう。紘さんが声のトーンを明るくして訊ねる。

「うん、そう。……あぁ、緊張する。ちゃんと働けるかな」

私もさっそく新しい地で就活に励み、今日から駅の裏にあるカフェで働くことに決まった。以前と同じ。ランチタイムのホールスタッフ。

「芹香なら大丈夫だよ。真田くんも芹香の働きを褒めてたし。辞めるのが惜しいって言ってたくらい」

真田さんと聞いて、瞬間的に彼の顔を思い出す。結局『cafe sparkle』には三ヶ月もいられなかったので、辞めるときにはひたすら謝ったけれど、真田さんは快く送り出してくれたので救われた。確かに、彼にも褒めてもらっていたのだっけ。

「それに、芹香の笑顔には相手を元気にする力があるんだ。俺もその力の虜になってたひとりだからよくわかるよ。動けるしお客のウケもいいスタッフを、店側が気に入らないはずがない」

紘さんはやけに自信満々にそう言ってから、ハッと思い出したみたいに私のそばに寄った。私の肩に手を載せ、耳元でこう囁く。

「――悪い虫がつかないかだけ心配だな。またストーカーでもされたらすぐに言ってね。追い払うから」

「あ、ありがとう……」

心配してもらえるのがうれしい。私は照れながらうなずいた。

元ヤクザで空手の有段者。あの正気を失っていた滑川さんを一撃で撃退した紘さんを思い出すと、確かにどんな相手でも追い払ってくれそうだ――むしろ、その相手の怪我のほうが心配になるくらい。

「――あ、出るの遅くなっちゃうよね。朝ごはんできてるよ」

「ありがとう。いただくよ」

彼が家を出るまでの時間を逆算する。デザートタイムがあることも考慮して、そろそろ食べ始めなければ間に合わない。

――ああ。大好きな旦那さんとのゆったりした朝食の時間。こんな贅沢なひとときを味わえるなんて、私の人生において今が間違いなく幸せの絶頂だ。

私は自分の作った朝食をおいしそうに頬張る夫の顔を見つめながら、くすぐったいような、温かな気持ちに包まれていたのだった。

日々は駆け足で過ぎ、年が明けて暦は二月になろうとしていた。

出来立てほやほやの会社で社長を務める紘さんは仕事が立て込むことも多くなり、土日はなんとか休みを確保しているものの、平日は朝早く出ていき、帰りが深夜になることも珍しくなくなった。

対して私は件のカフェ――『カフェL's』でホールスタッフの仕事に勤しんでいる。十時から十六時までという勤務時間は『Rosa Rossa』のときと同じ。お店の店長の筑紫さんもざっくばらんな雰囲気が赤井さんと似ていて、「製菓が好きです」と話したら、「じゃあ一品出してみたら？」とありがたい提案をしてくれた。今、どんなスイーツを出そうかとレシピを練っているところだ。

ホールの仕事も問題なくこなせていると感じているし、仕事は楽しい。ただ、接客業という性質上、土日の出勤を求められ、紘さんとの休みが合わなくなってしまった。

それぞれが忙しくなり、顔を合わせるのは平日、紘さんの帰りが早かった日や土日の夕食から寝る前の時間のみだ。せめて土日の私の退勤後は少しだけデートの時間が取れるかと思いきや、土日は営業時間が普段よりも短くなるため、十八時まで勤務を延長してほしいと言われてしまい……それも難しくなってしまった。

共働きの夫婦というのはこんなものなのかもしれないけれど、そもそもお互いに疲れていることが多いから、ろくに会話すらせずに寝てしまう日もあったりする。まだ結婚二ヶ月にも満たないのに、これは寂しい。

心のどこかで、結婚したらその先の幸福度も担保されるものだと思っていたけれど、ようやくそんなことはないのだとわかってきた。結婚しても寂しいときは寂しいし、満たされていないと感じるときはある。

彼と想いが通じる前に比べたら贅沢な悩みであるのはわかっている。こんなに素敵なお家に住まわせてもらって、大事にされて、不満を持つなんておかしい、と。

だけど、人間は慣れてしまう生きものだから、一度与えられた刺激には耐性がついてしまう。例えば、当然ではない幸せも、日常として感じられてしまう、とか。

そんな私だけど、物質的なことはなにも望んでいない。ほしいのは、紘さんとふたりきりで過ごす時間だけ。

――もっと紘さんと一緒にいたい。一日でいいから、忙しい紘さんを独占したい。

「ただいま」

日付が変わる直前、仕事を終えた紘さんが帰宅した。今夜は想定より少しだけ早い。

「おかえりなさい。今日もお疲れさま」

「起きててくれたんだ。ごめん、芹香も忙しいのに」

「ううん、紘さんに比べれば全然。……ティラミス食べる?」

玄関からリビングまでの廊下を一緒に歩きながら、紘さんに訊ねる。最近は朝が早く慌ただしいので、ゆっくり糖分を補給する時間さえ確保できずにいる彼には、こういう提案のほうが刺さりそうだ。

「ありがとう。食べたいな」

それまでやや疲労に支配されていた表情が、ふわりと柔らかくなる。思った通りだったので笑ってしまう。紘さん、本当に甘いものが好きなんだから。

「いただきます」

ダイニングテーブルに座ってもらっている間、キッチンでガラスの器にティラミスを取り分け持ってきた。彼はそれを見るなり両手を合わせて、添えた銀のスプーンで食べ始める。おいしそうに食べてくれるその顔に、毎度のこと癒される。

「もうしばらく忙しそう？」

「そうだね。新事業が軌道に乗るまでは」

以前から三ヶ月は落ち着かないと聞いていたので、わかりきっていることなのだけど、寂しさのあまり訊ねてしまう。

「……紘さん、私」

――もっと紘さんと一緒にいたい。

「……ううん。なんでもない。仕事頑張ってね。私もレシピ開発頑張らなきゃ」

思わず本心を打ち明けそうになって、慌てて堪える。紘さんはちょっと不思議そうに目を瞬かせてから、続く私の言葉に「ああ」と微笑みを浮かべてくれる。

「カフェで出すデザートだっけ。俺も食べてみたいな」

「完成してお店に出してもらえるようになったら、食べに来てほしいな。……あ、もちろんそのときに仕事が落ち着いてたら、でいいんだけどね」

忙しい彼に都合をつけてもらうみたいな言い方になっている気がして、思わず訂正した。多分、それに引っかかるような紘さんではないけれど、負担には思われたくない気持ちが先に立ってしまった。

「――お風呂入るよね。沸かしてあるから、食べ終わったらすぐ入れるよ」

「助かるよ、ありがとう。……先に休んでもらって構わないから」

「ごめんね。そうさせてもらうね」

そばにいるのに感じる寂しさが募って、今夜はそれを堪えきれない。変にプレッシャーを与えてしまう前に、先に寝室に向かうことにする。

そうでなくても、六年間突っ走り続けたつけが回ってきたのか、昼間の仕事と家事だけで疲労の容量がオーバーしてしまっている。次の日のためにも、できるだけ早く休めるとありがたい。

寝室のダブルベッドは、紘さんの家に置いてあったものだ。夜中に目が覚めてしまいがちだという彼がこだわっているもので、良質な睡眠を謳っているマットらしい。確かに寝心地がよくて、彼がこれを選んだのもよくわかる。

シーツも毛布も肌触りがよく、気持ちいいけれど――でも、紘さんの体温を感じながら眠りに落ちる心地よさには代えがたい。

ダブルベッドはふたり分のスペースがあるので、離れて寝ることもできてしまう。帰宅が遅い日は私が起きないように気を使って、身体が触れないようにそっとベッドに入ってくるから、一度眠ったらちょっとのことでは起きない私は、翌朝になってやっと彼の温もりを感じる。……そんな日が多くなっている。

私はベッドの片側に潜り込み、頭から毛布を被った。

「もっと……一緒にいられたらな」

先ほど直接伝えられなかった思いが、柔らかな毛布の繊維に吸い込まれていく。

愛する夫と結ばれてもなお、心の扉を叩いてくる孤独感に苛まれつつ、私はまどろみに呑まれていったのだった。

それから三日後。抱えた悩みの芽を摘むような、うれしい偶然が起きた。

朝方、日帰りの出張と聞いていた紘さんが、家を出る時間になってもスマホを手にしたままダイニングテーブルから動かないでいる。

「紘さん、まだ出なくて大丈夫？」

「それが……客先の都合で、急遽キャンセルってことになってしまって」

「えっ、そうなの」

一瞬、うれしいと思ったのが顔に出てしまったかもしれない。なぜなら私も今日はカフェのほうのシフトがない日。もしかしたら、彼とふたりの時間が持てるかもと期待してしまったのだ。

……いやいや、忙しい紘さんにそんな負担をかけてはいけないか。

「──じゃあ、今日は会社に？」

「……いや」

テーブルの向かい側に座りつつ気を取り直して訊ねると、彼は首を横に振った。

「芹香、今日お店休みだったよね。なにか予定はあるの？」

「えっ、な、ないけど……」

「そうしたらさ、今日は一日芹香と一緒にいたいんだけど、だめかな？」

思い描いた通りの展開に、心臓がどきんと跳ねる。

「えっ、お仕事、いいの……？」

「うん。出張だったから、一日ぽっかり予定が空いたんだ。……最近、全然芹香とゆっくり過ごせなかったし、せっかくだから」

「う、うんっ……私もそうしたい」

うれしさのあまり何度もうなずいてしまう私を見て、紘さんが小さく噴き出す。

「……うん、よかった。芹香はなにがしたいとかある？　芹香の希望を教えて」

紘さんとしたいこと。そんなの挙げきれないほどたくさんあるけれど、やっぱりこれしかない。

「――私は、紘さんと普通のデートがしたい」

思い描く普通のデートとは、レストランでランチのあと、ウインドウショッピングをして、カフェで少し休憩してから、ダイニングバーで少しお酒を飲んで――という、どこのカップルや夫婦も楽しんでいるだろう他愛ない時間。

でもその当たり前の時間も、紘さんとはあまり経験がないことに気が付いた。

都内に住んでいたときの彼は菊川組の一員で、訪れる場所によっては名前と顔が割れている。だから気軽に連れ立って歩いたりすることは控えていたのだ。

こちらに移ってきてからの外出といえば、私の誕生日にホテルのディナーに連れていってもらったこと。豪華でおいしい食事ももちろんだけど、忙しいなかなんとかその日の夜だけは時間を作ってくれたのがうれしかった。……あの日は本当に、夢みたいだったな。

ちゃんとしたデートはあの日以来だ。紘さんとデート。その想いだけでどうしようもなく胸が弾んでしまう自分がいる。

私は寝室のクローゼットを開けて着ていく服を吟味し始めた。最初に目に入ったのは、誕生日ディナーに合わせて購入した白いニットのロングワンピース。普段、ラフな格好が多い私にしてはかなり頑張ったチョイスだ。紘さんのとなりにいるべき女性が着てそうな、清楚なイメージがするこのワンピにしようかと思ったけれど……二回目のデートに同じ服装だとがっかりさせてしまうよね、やっぱり。

ならばと取り出したのは、ネイビーとグレー系のチェックのドッキングワンピース。

カフェでの勤務の帰りにふらりと立ち寄ったセレクトショップで、もしまた紘さんとデートのチャンスがやってきたときのために購入したものだ。これも、紘さんのスーツのイメージに合わせて購入したもの。最近よく着ている黒い袖の膨らんだコートにも合いそうだし――うん、これにしよう。

合わせるアクセサリーは、誕生日のときに送ってもらった一粒ダイヤのネックレス。シンプルなデザインだからどんな服装にも合わせやすくて、出かけるときには必ず身に着けている。

指先に視線を落として――そういえば、結婚指輪をまだ買っていないな、と思う。

物質的な部分でのこだわりはないほうだと思っているけれど、結婚指輪というものに対しての憧れはあったりする。旦那さんと常に同じものを身に着けていられるのって素敵だ。

落ち着いたら紘さんに相談してみようかなぁ。……あ、でも、私は彼に借金を返済中の身だった。まぁ指輪は、おいおいでいいか。

ドレスアップした私は、コートを腕に抱えてリビングにいる紘さん準備ができたことを知らせにいく。

「――かわいいね。芹香によく似合ってるよ」

「あ、ありがとう」

微笑みとともに褒められると、私は照れつつお礼を言った。

「散歩でもしながら、ゆっくり行こうか」

「うん」

ランチの時間には少し早いけれど、紘さんとなら時間の潰し方はたくさんある。

私たちは歩きながら最寄り駅にある百貨店群を目指して歩き始めた。

「気が付いちゃったけど、紘さんのスーツ以外の服装、あまり見たことないよね」

マンションと駅の間には大きな公園がある。そのなかを通り抜けながらつぶやく。

「ヤクザのときから普段着もスーツなんだよね。兄貴たちもそうだから、自然と」

「私は紘さんのスーツ姿、好きだからうれしいけど……もう一般人になったわけだし、もう少しリラックスした格好をしてみてもいいんじゃないかな」

お仕事柄、スーツでなければいけない事情があったのかもしれないけれど、それももう関係ない。並んで歩く彼の顔を見ると、ちょっと困った風に眉を下げている。

「……こんなこと言うと呆れられそうだけど、なにを着ていいのかわからないんだ。スーツに慣れすぎたせいで、なにとなにを組み合わせればいいかとか」

「え、そうなの？」

「学生のころはそれなりに気にしてたと思うんだけど、もう十年も前のことだから」

着ているスーツがいつもおしゃれだから、かなり意外だ。なら――

「私が選んでもいい？」

「芹香が？　もちろん。むしろお願いしたいくらいだよ。いいの？」

「うん。ちゃんと下調べしてから、似合いそうなお店に連れていくね」

「ありがとう。楽しみにしてるよ」

紘さんの声が弾んでいる。言葉通り楽しみにしてくれているのだろう。

彼の服を選べるなんて光栄だ。彼のルックスに似合う服を、気合を入れて探そう。

普段は忙しいゆえに話題に出すのを躊躇するようなことも、たくさん話すことができた。まだまだ私の知らない紘さんがたくさんいる。それを知れるのが楽しい。

百貨店に到着しても、まだランチの時間には早い。私たちはオープンしたばかりのショップを見て回ることにした。

「――結婚指輪。ちゃんと選ばないとね」

途中、ジュエリーショップの前を通りかかった。そこで紘さんが足を止める。

「なにも準備しないでプロポーズしたから、まだ渡せてなくてごめん」

「ううん、全然。いろいろあったし、忙しいの知ってるから、私も忘れてたくらいだよ」

「せっかくだから今選ぼうか。芹香が、ここで決めてもいいなら」

「え、でもここ……」

厳かな店構えを見て躊躇する。数ある高級ジュエリーショップのなかでも、桁がひとつ違うお店だ。夜の蝶をしていたときに、お店の女の子がここのジュエリーをお客さまにねだって買ってもらったという話があったので、名前をよく覚えていた。

「見るだけでも見てみよう。しっくりくるのがなければ、また探しにいけばいいし」

「あっ」

紘さんはそう言うと、私の手を引いて店のなかに入っていく。

「いらっしゃいませ」

「少し、自由に見せていただけますか」

「もちろんでございます」

店に足を踏み入れた直後に、上下黒のパリッとしたスーツに身を包んだ女性スタッフに話しかけられ、紘さんが対応してくれる。私たちは、ショーケースのなかに飾られたマリッジリングに目を凝らす。

「どう、いいのあった？」

たっぷり時間をかけて見比べたあと、紘さんが訊ねる。

「そうだね……いろいろ見たけど、私はやっぱりこういうシンプルなのが好きかな」

私はすぐそばのショーケースのなかにある、ストレートで飽きのこなさそうなデザインのそれを示した。個性的だったり、かわいらしいものにも惹かれるけど、毎日着けるものならやっぱりシンプルなもののほうが合わせやすいから。

「芹香らしいね。でも俺も同感だよ」

私が選んだデザインを見て、紘さんが小さく笑った。私の好みを把握している彼には、思った通りの結果だったのかもしれない。それからショーケースに落としていた視線を上げて、私の顔を見つめる。

「芹香がいいなら、これに決めようか。俺にプレゼントさせて？」

「わ……私はうれしいけど……いいの？」

指輪のそばには値札も置かれている。……やっぱり、ゼロの桁がひとつ多い。

「ずっと気になってたんだ。誕生日に合わせて渡したかったけど、やっぱり結婚指輪って一生着け続けるものだから、ふたりで選びたいなと思ってて。……今日やっと渡せると思うと、俺もうれしい」

不安げな私の問いに、紘さんは快くうなずいてくれた。

「これを、お願いします」

「かしこまりました——」

彼は丁寧な所作で女性スタッフを呼ぶと、ショーケースのなかのそれを示した。


その夜、私は紘さんに手を引かれて帰宅した。お出かけ専用となっているヒールを脱ぎ、寝室のベッドに連れていってもらい、そこに腰かける。

「大丈夫？　芹香」

「うん、だい、じょうぶ……少しふわふわするだけ」

ランチのあと、さらにウインドウショッピングを続けた私たちは、歩き疲れた足を休ませるためにコーヒーのいい香りのするカフェに入り、お喋りを楽しんだ。

それから紘さんが昼間のうちに予約してくれたフレンチでディナー。レストランおすすめのワインを開けてもらったら、それがおいしくて飲みすぎてしまってこのありさま。おかげで、デザート付近の記憶が曖昧だ。

「ごめん、ペースもっと気にしてあげたらよかったね。でも、少し弱くなった？」

「最近お酒飲む機会もほとんどなくなったからかなぁ——あとは、紘さんとのデートではしゃいじゃったからかも……」

となりに座る彼に身体ごと向けながら、私は頭を沈ませるようなお辞儀をする。

「紘さん、今日はありがとう。ずっと紘さんとこういう普通のデートがしたいと思ってた。……結婚指輪も、実はずっとほしいなって思ってて——だって、まだ結婚式も挙げてなかったから、紘さんの奥さんだって証拠がほしかったんだよね。だから……本当に、感激してる」

ほどよく酔っているせいか、いつもよりも思っていることを素直に伝えられているような気がする。紘さんが、優しい眼差しで私を見つめながら首を横に振った。

「こっちに来てから寂しい思いばっかりさせてごめん。あと少しで落ち着くから、そしたら普通のデート、いっぱいできるようになるよ」

そこまで言うと、彼が私の身体をそっと抱き、私の背中をぽんぽんと叩いた。

「……だからもっと甘えていいんだよ。今みたいに、芹香がしたいと思ってること、してほしいと思ってること、全部聞きたいし叶えてあげたい」

耳元に落ちる心地よくて優しい声に、胸がじんわりと温かくなる。その声のまま、彼が続ける。

「他人を頼らず自分で考えなきゃって芹香の考え方は自立してて偉いと思うけど、世のなかには自分ひとりで解決できないことも多いんだし。考え込む前に俺を頼ってほしいな」

「紘さん……」

これまで、ものごとを自分の力で解決しなきゃと必死だった。母の置き土産となったあの言葉は私の行動パターンに深く刻まれて、今もそれを従順に守り続けている。

「夫婦なら、甘え合ったっていいんじゃない？」

「……そう、だね」

――そんなに一生懸命になりすぎる必要はないんだ。今は私を無条件に受け入れて、愛してくれる夫がいるのだから。

そう思ったら――なんだか心に羽が生えたみたいに、すっと軽くなった。

「じゃあ紘さん。さっそくなんだけど、あの……今夜はくっついて寝てもいい？」

紘さんの背中に腕を回して私が訊ねると、彼が笑った。耳元でふっと吐息がもれる。

「いいよ。……くっつくだけですまなかったらごめん。先に謝っておくよ」

「そ、それってどういうっ……？」

声色ひとつ変えずにさらっと言ってのけるものだから、私のほうがドギマギしてしまう。紘さんはやや強引に私の両手を取ってベッドに押し倒した。

「そんなにかわいいおねだりしてくる芹香が悪い。……初めて俺の部屋に来たときもそうだったけど、芹香は俺を煽るのが得意だよね」

「あ——あのときは、だって……私も必死でっ……」

急に昔のことを持ち出してくるものだから戸惑って、声が裏返ってしまう。

……今思えば、私ってばなんて大胆なことを言ってしまったのだろう。彼とのお付き合いが進んでからも、そのことを思い出しては赤くなったり青くなったりした。

「わかってる。だから勇気を振り絞ってくれたんだよね。……本当、かわいかった」

「ふ、ぁっ……」

熱っぽい声音で囁いたあと、紘さんの唇が私の耳朶を食んだ。舌先で弧を描く外側の線をなぞりながら、もう一度その場所を咥え、甘噛みする。

じれったくてぞくぞくする感覚に身を震わせていると、私を見下ろす紘さんの眼差しに性急な光が点っていることに気が付いた。

「ごめん、やっぱり無理だったね——芹香がほしい。いい……？」

「……うん、私も紘さんがほしい」

紘さんと触れ合いたい。すべてをゆだねて、温もりを分かち合いたい。

「んっ……」

長くてすらりとしたきれいな指が、ワンピースのボタンをひとつずつ外していく。

「……あ」

その途中、彼が短く声をもらした。どうかしたのかと思って視線で訊ねると、少し恥ずかしそうに視線を落とす。

「今さらだけど……婚約指輪、まだだったよね」

「あ、でも、私結婚指輪だけで十分だから……」

そのことに思い当たらなかったわけではないけれど、特別ほしいというわけでもなかった。いろんなことが重なって忙しい時期だったから意識から抜け落ちていても当然だし、あんなに素敵な結婚指輪をプレゼントしてくれただけで、私は十分だから。

「順番がめちゃくちゃだけどそっちも今度買いにいこう」

きまり悪そうに笑った紘さんが、申し訳なさそうに声を潜めた。

「……俺、こんな感じでそそっかしいところもあるから、ごめん」

「ううん。紘さんって完全無欠な人だと思ってたから、逆に親しみが持てていいかも」

まったく隙のない彼を素敵だと思っていた時期もあったけれど、今はむしろ、そうではない紘さんを知りたいと思う。私服を選ぶのが苦手という彼も、婚約指輪をあとから思い出してしまう彼も。まとめて抱きしめたい衝動に駆られる。

「もっとたくさん、紘さんのこと教えてね」

「芹香――……」

大好きな夫の情熱的な言葉に心をときめかせながら、私は久しぶりに訪れた蜜のように甘い時間を味わいつくしたのだった。

# エピローグ

「紘さん、お待たせしました。ティラミスケーキです」

――四月中旬。そろそろ春物の服を出そうかなんて思い始めている週末の午後のティータイムに、私は勤務先のカフェ『カフェL's』に、紘さんを招待していた。理由はもちろん、私が提供するスイーツが完成したからだ。

「おいしそうだね」

店内の奥にあるふたりがけのテーブルに座る紘さんの前に置いたお皿の上には、ティラミスをそのままショートケーキにしたようなものが乗っている。

「紘さんに絶賛されてたティラミスをベースにしようとは決めてたんだけど、どうアレンジするかは結構悩んで……でも前、縁日で紘さんがおいしそうに生クリームたっぷりのクレープを食べてたのを思い出して、これだと思ったの」

「なるほど。ケーキにすれば、上に生クリームをデコレーションできるからね。……俺にとっては好きなもの同士の組み合わせで幸せだよ」

愛されるスイーツを作るには、まず身近な人が気に入ってくれるものにしようという思いがあった。チーズクリームと生クリームは、彼の大好物。絶対に気に入ってもらえるだろうという確信があったのだ。

「だと思って、ぜひ食べてみてほしかったんだよね」

「さっそく、いただきます」

紘さんは両手を合わせて、スプーンを手に取った。そして三角形の鋭角を削るようにひと掬いして口に放り込む。しばらく味わったあと、きれいに整った顔が破顔した。

「――感想を聞かなくても、紘さんの顔を見れば伝わってくるね。気に入ってもらえてよかった」

「うん……いつか本当に、夢を叶えてほしいと思うよ」

「え？」

「お店を開きたいって夢。気持ちは変わってないよね？」

「変わってないけど……でもやっぱり、夢は夢だから。道のりは遠いよ」

いつか自分が作ったスイーツをいろんな人に食べてもらって、よろこんでもらいたい。その思いは薄れていないけれど、借金を抱える身ではまだその段階にない。スタートラインに立てるのはまだ先だろう。

「叶わないと思う夢でも、突然叶ったりするから人生は面白いんだって思ったよ。芹香にその気があるなら、俺はずっと応援するつもりでいるよ」

「確かに……そうだね。ありがとう」

紘さんが言うと説得力があって、納得してしまった。今すぐには無理でも、夢を持ち続けていればいつか突然チャンスは巡ってくるかもしれない。

「紘さんに返すべきものを返し終わったら、真剣に考えてみるよ」

「うん。実現するのを楽しみにしてる」

よほど気に入ったらしく、紘さんの食べるペースは速かった。あっという間に平らげると、「ごちそうさま」とまた手を合わせていた。

「中條さんのお知り合い？」

「筑紫さん」

そこに、『カフェ L's』の店長である筑紫さんがやってきた。風貌や雰囲気が赤井さんに似ているせいか、お世話になってから日が浅いけれど、あまりそんな気がしない。筑紫さんを前に、紘さんもその場に立ち上がる。

「私の夫です」

「いつも妻がお世話になっています」

ふたり揃って頭を下げる。……夫とか妻とか、あまり第三者に口にすることがないから、内心で少し照れてしまう。すると、筑紫さんのほうも頭を下げてくれた。

「初めまして。　店長の筑紫といいます。　中條さんにはいつも助けていただいていて」

「いえいえ、そんな。　私こそ、いつも楽しくのびのび働かせていただいていて……」

言いながら、堂々と夫婦であることを打ち明けられ、心穏やかに過ごすことができている幸せを実感する。

……ほんの少し前だったら、それすら気軽には伝えられない環境だったのを忘れてはいけない。紘さんが文字通り身体を張って組を抜けてくれたおかげで、普通の、ありふれた幸せが手に入ったのだ。

「素敵な人だね～。中條さん、自慢のご主人でしょ」

筑紫さんが紘さんの全身をなぞるように視線を向けて言う。

この二週間くらいでようやく紘さんの激務が落ち着いてきたので、先週、彼の私服を見繕った。オックスフォードシャツにテーパードパンツの組み合わせは、スーツとは違った清潔感があって、きっと似合うだろうと思っていた。身体のラインを拾いやすいので、紘さんのスタイルのよさも強調されている。……やっぱりカッコいい。

「はい。私にはもったいないくらいの、自慢の夫です」

――でもそれを差し引いても、彼は間違いなく、世界でいちばん素敵な人。

「のろけちゃって、幸せそうでいいね。コーヒーのおかわりサービスするので、ゆっくりしていってください」

「ありがとうございます」

筑紫さんは笑って冷やかすと、もう一度頭を下げて厨房に戻っていく。

「芹香」

私の名前を呼んだ紘さんが、不意に私の左手を取った。薬指に填まった銀色に光るものに口付ける。

誰かに見られたかもとドキドキしたけれど――ちょうどお客さんの波が途切れたところだし、お店のいちばん奥にあるこの席は周囲から目立たないから、多分大丈夫だろう。

「――俺にとっても、芹香は自慢の奥さんだよ」

彼の左手の同じ場所にも、同じものが煌めいている。私たちが夫婦である印。

「……うれしい」

――指輪のデザインみたいに、私たちの気持ちもぴったりと重なっていることが。

私たちはこの場所で、たくさんの思い出を築いていく。すべてが楽しく幸せなものであってほしいと思うけれど、ときには悲しかったり、苦しかったりするできごとも起こりうるだろう。だとしても、紘さんとならきっと乗り越えられるはずだ。

縁日の賑やかな風景を背に泣く少女はもういない。今はもう、甘え合える最愛の人を見つけたから。

このかけがえのない日々を大切に過ごしていこう。私は、背中に青い龍を宿す優しく頼もしい夫を見つめながら、春の日差しのような温かな幸福感に浸ったのだった。

# あとがき

こんにちは、もしくはこんばんは。小日向江麻（こひなたえま）です。

このたびは本作『極道の寵愛～インテリヤクザに艶めく熱情を注ぎ込まれました～』をお読みいただき、ありがとうございます。マーマレード文庫さまで早くも四作目を出させていただき、大変うれしく思っております。

今回は極道のお話ですが、ちょっとダーティーな感じがするヒーローというのが大好物なので、大変楽しく書かせていただきました。新しい環境で、これまで波乱万丈だった紘と芹香には穏やかな暮らしをしてほしいな、と思います。ラブラブなので、きっとそのうち子どもをもうけたりして、幸せな家庭を築くことでしょう。

そして初・極道もの。私は常々ヒロインやヒーローのお仕事に関してはリアリティが伴うような描写を心がけているのですが、今回はイメージで補う部分が多かったので、「こんな感じで合ってるかな？」とドキドキでした。趣味で裏社会系のノンフィクションとか結構読んだりしてますが、細かいところまでは描写がなかったりするのですよね。なので、作中でちょっとでも極道らしい雰囲気を感じていただけますように！

　また、今回はヒロインの芹香とヒーローの紘が、お互い恋愛感情を抱きつつも住む世界が違うことに悩む、という展開でした。こういう障害のある恋はハラハラドキドキでとても好みなので、早くもまた書くチャンスがあれば、と思っております。

　最後になりますが、担当さま、編集部のみなさま、いつも本当にありがとうございます。また、カバーイラストを担当してくださった白崎小夜さま。美しく、思わず見とれてしまう紘と芹香を描いてくださいましてありがとうございます。特に紘は本当にイメージした通りで、完成イラストを拝見したときに大変感激いたしました。

　そして、このページを読んでくださっている読者のみなさまにも、重ねてお礼を申し上げます。

　感想などいただけますと励みになりますので、ツイッターでつぶやきや、レビューもお待ちしております。ひとことでもどうぞお気軽に。もれなく感激して噛み締めさせていただきます。

　それでは、またご縁がありましたら幸いです。

小日向　江麻

マーマレード文庫

# 極道の寵愛

## ～インテリヤクザに艶めく熱情を注ぎ込まれました～

2022年11月15日　第1刷発行　定価はカバーに表示してあります

著者　小日向江麻　©EMA KOHINATA 2022
編集　株式会社エースクリエイター
発行人　鈴木幸辰
発行所　株式会社ハーパーコリンズ・ジャパン
東京都千代田区大手町1-5-1
電話　03-6269-2883（営業）
0570-008091（読者サービス係）
印刷・製本　中央精版印刷株式会社

Printed in Japan ©K.K. HarperCollins Japan 2022
ISBN-978-4-596-75547-6



m a r m a l a d e b u n k o